Présenté par

Jacques Charpentreau

LA VILLE
EN POÉSIE

Gallimard
Jeunesse

LA VILLE EN POÉSIE

La poésie, c'est comme une ville.

On s'y promène à travers les mots comme à travers les rues, il y a des images plein les vitrines, on rencontre des gens, des autos, des arbres, parfois des animaux.

Une ville, c'est comme la poésie.

Pour bâtir une ville, il a fallu des millions de pierres, des tonnes de béton et des kilomètres de fer ; il a fallu du temps, le travail de beaucoup d'hommes et de femmes, de la peine et de la joie. Tout cela est resté caché dans le béton et dans les pierres. Toute cette vie, quand on regarde bien, quand on écoute bien, on la voit, on l'entend, la vie des villes.

Pour bâtir un poème, il a fallu ajuster des lettres et des mots, des sons et des rythmes, il a fallu combiner les couleurs et les odeurs, et la vie des gens

qui passent, et les autos qui roulent, et les pigeons qui roucoulent, et les enfants qui grandissent, il a fallu faire chanter ensemble les mots qui se taisaient tout seuls.

Dans la ville des poèmes, les boutiques offrent des paysages fabuleux, les fenêtres regardent de tous leurs yeux, les voitures bondissent, les néons clignent de l'œil, les mots jaillissent comme des tours qui chantent, et les statues font la causette d'un socle à l'autre.

La poésie court les rues.

Elle nous prend par la main et nous courons avec elle, les images dansent dans les vitrines, les affiches s'animent, le soir tout s'illumine, et dans la nuit la ville appareille et nous emmène, comme un grand vaisseau balancé à travers les espaces où rêvent les étoiles.

FABLES
DE LA VILLE

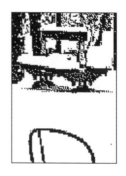

Un matin
dans une cour de la rue de la Colombe ou de la rue des Ursins
des voix d'enfants
chantèrent quelque chose comme ça :

Au coin d'la rue du Jour
et d'la rue Paradis
j'ai vu passer un homme
y a que moi qui l'ai vu
j'ai vu passer un homme
tout nu en plein midi
pourtant c'est moi l'plus petit
les grands y savent pas voir
surtout quand c'est marrant surtout quand c'est joli
Il avait des ch'veux d'ange
une barbe de fleuve
une grande queue de sirène
une taille de guêpe
deux pieds de chaise Louis treize
un tronc de peuplier
et puis un doigt de vin
et deux mains de papier
une toute petite tête d'ail
une grande bouche d'incendie
et puis un œil de bœuf
et un œil de perdrix

Au coin d'la rue du Jour
et d'la rue Paradis
C'est par là que je l'ai vu
un jour en plein midi
c'est pas le même quartier
mais les rues se promènent partout où ça leur plaît.

Jacques Prévert (1900–1977).- Poète, dialoguiste, scénariste, il est issu du mouvement surréaliste qui fait éclater le caractère conventionnel du langage. Ayant particulièrement recours aux techniques de l'énumération et de l'inventaire, sa poésie (*Paroles, Histoires, Spectacles*) célèbre la liberté, la justice et le bonheur.

L'HIPPOPOTAME

Par la Seine un hippopotame
S'en vint un jour jusqu'à Paname.
Il descendit dans le métro,
Changea même à Trocadéro ;
Mais quand il fut à la Concorde,
Il s'écria : « Miséricorde ! »
Et par la porte des Lilas
S'en alla.

Jean-Luc Moreau
(né en 1937).–
Il a donné de
remarquables
traductions de
poèmes étrangers,
principalement
de l'allemand, du
russe, du hongrois
et du finnois. Il a
publié plusieurs
recueils : *Moscovie*
(1964), *Sous le
masque des mots*
(1974)...

LA VILLE DES ANIMAUX

S'ouvre une porte, entre une biche,
Mais cela se passe très loin,
N'approchons pas de ce terrain,
Évitons un sol évasif.

C'est la ville des animaux
Ici les humains n'entrent guère.
Griffes de tigre soies de porc
Brillent dans l'ombre, délibèrent.

N'essayons pas d'y pénétrer
Nous qui cachons plus d'une bête,
Poissons, iguanes, éperviers,
Qui voudraient tous montrer la tête.

Nous en sortirons en traînant
Un air tigré, une nageoire,
Ou la trompe d'un éléphant
Qui nous demanderait à boire.

Notre âme nous serait ravie
Et la douceur de notre corps.
Il faudrait, toute notre vie,
Pleurer en nous un homme mort.

Jules Supervielle
(1884-1960).–
Sa vie fut partagée
entre l'Amérique
du Sud, Oloron et
Paris. Lié au groupe
des écrivains de
la *Nouvelle Revue
française*, il écrivit
des récits (*L'Enfant
de la haute mer*,
1931), des pièces
de théâtre et des
recueils de poésie.

LE LION
DE DENFERT-ROCHEREAU

À Denfert-Rochereau
Sur son socle là-haut
Un lion très comme il faut
Surveille les autos
Du matin jusqu'au soir
Il fait plaisir à voir
Image du devoir
C'est un lion sans histoires

Au milieu de la nuit
Le lion bâille et s'ennuie
Il saute de son socle
Il chausse son binocle
Il prend son parapluie
Et disparaît sans bruit
Dans les rues de Paris
La nuit les lions sont gris

Quand le temps est au beau
Le lion fait du vélo
Quand le temps est à l'eau
Il fait du pédalo
Il va voir ses amis
Les chevaux de Marly
Les lionceaux et les lions
Place de la Nation

Il revient au matin
D'un pas plus incertain
Il ôte son binocle
Il saute sur son socle
Et devient aussitôt
Un lion très comme il faut
Immobile là-haut
À Denfert-Rochereau

Comme un vieux Parisien
Le lion va le lion vient
Personne n'en sait rien
Mais en écoutant bien
On entend tout là-haut
À Denfert-Rochereau
Le gros lion qui ronronne
Ne le dis à personne

Jacques
Charpentreau
(né en 1928).-
D'abord instituteur,
puis professeur,
il a écrit des
romans et poèmes
pour les enfants
(*La Ville enchantée*,
1976, *Paris des
enfants*, 1978).
Il est également
l'auteur de
nombreuses
anthologies.

CE QUE CET ENFANT VA CHERCHER

Ce que cet enfant va chercher !
Ce que cet enfant peut trouver !

Qu'est-ce que cet enfant a encore inventé ?
Cet enfant, c'est vraiment la malice incarnée

Cet enfant m'en fait voir de toutes les couleurs !
L'idée de cet enfant c'est de faire mon malheur !

Cet enfant a vraiment le diable au corps.
Ce méchant enfant causera ma mort.

Sur son carnet de notes on a lu :
« Bavard et dissipé, esprit trop décousu. »

L'enfant trop décousu prit la machine à coudre
et, en se recousant, il mit le feu aux poudres.

Si vous tournez la page
le résultat est dans l'image.

L'enfant a mis tout sens dessus dessous
rendant ses pauvres parents fous.

Car la malice est une foudre
qui peut mettre le feu aux poudres.

Claude Roy (1915-1997).-
Romancier, critique,
grand voyageur,
très attentif
au monde
contemporain et
à tout ce qui peut
entraver la liberté
humaine, Claude
Roy a composé
de délicieux poèmes
pour enfants,
Enfantasques.

UN MATIN D'ENFANCE

Je me souviens de la place Saint-Georges
des fleurs des marronniers
et des chevaux de fiacre,
des parfums de l'anis
et des chenilles blondes
autour du jardin de mon cœur.

Je me souviens des rues
aux pavés blancs
et d'une épicerie
où j'apprenais à lire
dans une bible de corail.

Des chevaux couraient dans la ville,
des étincelles aux sabots.
Une marchande de fromage
chantait le matin, dans ma rue.

Un matin, j'allais à l'école,
longeant les grilles du jardin.
Une fée d'argent est venue
et m'a donné des crayons rouges,
des crayons bleus, des
crayons d'ombre et de soleil.

J'ai habillé toute la ville
avec les crayons de la fée.

Pierre Gamarra
(né en 1919). –
Il participa à la
Résistance et
écrivit alors des
poèmes publiés
dans des "feuilles
de hasard" et
repris ensuite dans
la revue *Europe*
dont il devint plus
tard le rédacteur
en chef. Il a publié
*Essai pour une
malédiction* (1944),
*Chanson de la
citadelle d'Arras*,
(1950), *Un chant
d'amour* (1958)...

La rue barrée
À peine un petit cri pour dire adieu
La réalité vieux jeu rentre se coucher
Elle a éteint sa lampe

Les étalages des boucheries
Sont ornés de petits oiseaux en pommes de pin
Avec des rubans multicolores
Et des pâtés de foie gras
Représentant sainte Thérèse et l'Enfant Jésus
Napoléon Bonaparte et Gutenberg
La main tenant un petit encrier de saindoux

Joli voyage en perspective
Si loin que j'aille

Les sucres d'orge sont décidément moins bons
Les billes d'agate se font rares
La tour Eiffel penche la tête
Avec un sourire mil neuf cent
Manche à gigot panier à salade crise de nerfs
On tombe à pic

Le signal manque
Attendez un moment
Ne vous impatientez pas

Les cornes des automobiles
Improvisent avec aisance

Les agents de police
Portent à leurs boutonnières
Des ampoules de diverses couleurs
Qui les rajeunissent au moins de vingt ans

Sur les camions citernes
Il y a des orchestres
De toutes les races

Les fenêtres des lycées
Sont couvertes de jacinthes
Sur les toits des hôpitaux
On a installé des écrans immenses
Et tout le monde peut voir les films
Qui sont si lumineux.
Que le jour lui-même n'arrive que par moments
À les faire pâlir
Ce sont ces moments
Qui sont le signal
Du début des fêtes

Tous les enfants y participent
Et ils ont pendant trois jours entiers
Pleine suprématie
Sur leurs parents qui sont forcés de leur obéir
En toutes choses ponctuellement
Avant d'avoir la permission
De se remettre à travailler

Michel Butor
(né en 1926).–
Philosophe, auteur
de romans
et d'essais,
ses poèmes ont été
réunis en 1972.
De la poésie, il dit :
"Elle vient sans
cesse malgré moi
et je fais tout
ce que je peux
pour qu'elle
continue à venir
malgré moi..."

À Paris
Sur un cheval gris ;
À Nevers
Sur un cheval vert ;
À Issoire
Sur un cheval noir.
Ah ! Qu'il est beau ! Qu'il est beau !
Ah ! Qu'il est beau ! Qu'il est beau !
        Tiou

Max Jacob (1876-1944). – Né dans une famille d'antiquaires juifs, il exerça un peu tous les métiers avant de publier ses premiers écrits, *Le Cornet à dés* et *Le Laboratoire central*. À partir de 1909, il séjourna souvent à Saint-Benoît-sur-Loire et se convertit au christianisme. Arrêté en 1944 par la Gestapo, il meurt au camp de Drancy.

PARIS

J'ai connu d'autres bonheurs
Dans le ventre de Paris.
Saint-Eustache. Il est une heure
Un clochard qui me défie
La lame de son couteau
Ses galoches, son manteau
Sa barbe toute, piquants,
C'est Jésus, c'est Barabbas,
Lacenaire ou Lovelace.
Il en veut à mon argent.

J'ai connu d'autres malheurs
Dans le ventre de Paris
Notre-Dame. Il est une heure
Un clochard qui me sourit
Joyeux drille. Vieux marmot
Abbé de bachellerie
C'est Jésus, c'est Barabbas
Le Juif errant qui repasse
Il m'aime comme un ami.

J'ai connu d'autres labeurs
Dans le ventre de Paris
Sainte-Anne.
Il est une heure
Un clochard au clair de nuit
Ses galoches, son manteau
Les lanières de sa peau
On dirait un sanglier
Avec du sang étoilé
À la porte d'un boucher
Dans la rue des Longs-Couteaux.

Laissez-moi. Je veux dormir
Dans le ventre de Paris
Le pavé suinte, la pluie
Sur la Seine se déchire.
L'heure du dernier métro,
Des clochards, des hippies
J'habite dans le Sentier
Une vieille bergerie…
Quand la mort viendra, messire
Où serai-je en mon pays ?

Charles Le Quintrec (né en 1926).- Critique littéraire, romancier et poète "catholique et breton", il exprime sa foi et son amour de la terre natale dans une poésie de forme très classique, entraînée par une allégresse profonde.

JEUX MAIS MERVEILLES

Persiennes, vous êtes côtes
De crucifié sur la mer.
Fenêtres, on compte les côtes
Entre vos bras de verre ouverts.

Zèbres du soleil et des vagues,
Zèbres bousculez au plafond
Les revenants d'angles et d'algues
En l'eau du plafond profond.

Faux marbre fou d'ambre, d'ombre,
Des vagues et du soleil,
Tatouant toute la chambre
Où débouche mon sommeil.

Jean Cocteau
(1889-1963).-
"Magicien de
l'esprit moderne",
poète, romancier,
dessinateur,
dramaturge,
cinéaste, Cocteau
a laissé une trace
inoubliable dans
la poésie française.
Car la gravité
de ce funambule
apparaît
aujourd'hui
dans sa force.

COMPTINES DES VILLES

Combien faut-il d'boulets d'canon
Pour bombarder la ville de Lyon ?

À Neuchâtel
Il y avait trois p'tits polichinelles
Qui vendaient de la ficelle

Petites dames de Paris
Mettez vite vos souliers gris
Pour aller au Paradis (...)

À Marseille – on fait des bouteilles ;
À Versailles – on les empaille ;
À Toulon – on met les bouchons ;
À Paris – on les emplit ;
En Savoie – on les boit.

Dans la rue des Quatre-Chiffons
La maison est en carton
L'escalier est en papier
Le propriétaire est en pomme de terre
Le facteur y est monté
Il s'est cassé
Le bout du nez

Le Palais-Royal est un beau quartier
Toutes les jeunes filles sont à marier
Mam'zelle Valérie est la préférée
De Monsieur Francis qui veut l'épouser (…)

Guêpe folle
Qui s'envole
Vers l'école
De Nancy
Tombe ici
Tombe là
Sur moi

Ernest Pérochon (1885-1942).- Romancier à l'inspiration marquée par l'attachement au terroir et à la paysannerie, il fut aussi enseignant et publia un recueil : *Poésies* (*Chansons alternées – Flûtes et bourdons*, 1922).

Luc Bérimont

Je bats la semelle
Avec des dentelles
Un brin de ficelle
Un peu de flanelle
Un bout de pavé
Bien qu'elle m'appelle
Qu'elle m'interpelle
À voix de crécelle
Je bats sa jumelle
Avec un beau zèle
Même avec un pied
Pour me réchauffer.

J'étais au pied du mur
Où je cueillais des mûres
Écoutant le murmure
Des guêpes en armure
Puis, à bâbord amures
Traversant la saumure
Je fus rue Réaumur
Où les badauds s'émurent
Devant une écriture
Où, vif et sans ratures
J'ai fait les pieds au mur.

Je donne pour Paris
Un peu de tabac gris

Je donne pour Bruxelles
Un morceau de ficelle

Je donne pour London
Un paquet d'amidon

Je donne pour Genève
Une poignée de fèves

Je donne pour Tokyo
Un guidon de vélo

Je donne pour Moscou
Un petit sapajou

Je donne pour Madrid
Un envol de perdrix

Je donne à Copenhague
La mer avec ses vagues

Je donne à Washington
Tontaine et puis tonton

Luc Bérimond
(1915-1983).-
D'origine
ardennaise,
journaliste,
homme de radio,
producteur,
dénicheur de
talents : une vie
consacrée aux
poètes
et à la poésie.

IXATNU SIOFNNUT I AVAY

Y avait une fois un taxi
taxi taxi taximètre
qui circulait dans Paris
taxi taxi taxi cuit

il aimait tant les voyages
taxi taxi taximètre
qu'il allait jusqu'en Hongrie
taxi taxi taxi cuit

et qu'il traversait la Manche
taxi taxi taximètre
en empruntant le ferry
taxi taxi taxi cuit

un beau jour il arriva
taxi taxi taximètre
dans les déserts d'Arabie
taxi taxi taxi cuit

il y faisait tellment chaud
taxi taxi taximètre
que sa carrossrie fondit
taxi taxi taxi cuit

et de même le châssis
taxi taxi taximètre
et tous les pneus y compris
taxi taxi taxi cuit

Raymond
Queneau (1903-
1976).- Romancier,
il a connu un très
grand succès avec
Zazie dans le métro
(1959). Sa poésie
atteint le grand
public grâce
à la chanson
(*Si tu t'imagines*).
Son œuvre est
importante :
humour léger, jeu
sur les mots mais
aussi inquiétude
profonde sur la vie
et sa destinée.

chauffeurs chauffeurs de
taxi
taxi taxi taximètre
écoutez cette morale
taxi taxi taxi cuit

lorsque vous quittez Paris
taxi taxi taximètre
emportez un parapluie
taxi taxi taxi cuit

parapluie ou bien ombrelle
taxi taxi taximètre
un mot est bien vite dit
taxi taxi taxi cuit

PAYSAGES
DE LA VILLE

EN FACE

Au bord du toit
    Un nuage danse
Trois gouttes d'eau pendent à
                la gouttière

Trois étoiles
          Des diamants
Et vos yeux brillants qui regardent
    Le soleil derrière la vitre

        Midi

Pierre Reverdy
(1889-1960).-
Correcteur
d'imprimerie, il
prenait un soin
extrême à la mise
en page de ses
poèmes. Il se lia
avec les peintres
cubistes et des
poètes comme
Max Jacob et
Guillaume Apollinaire.
Converti à la religion
catholique, il s'installa
en 1926 près de
l'abbaye de Solesmes.
Son œuvre poétique
fut rassemblée en
1945 et 1949 dans
deux recueils :
Plupart du temps
et *Main-d'œuvre*.

LE MUR

Le mur si haut
Vous cache quelque chose.

L'effroi de la lumière.

Des yeux partout.

Gilbert Trolliet
(né en 1907).-
Suisse, il a vécu
en Allemagne,
en Angleterre
et en France.
Créateur des revues
Raison d'être et
Présence (1955),
il se fixe en France
en 1978. Il a écrit
une trentaine de
recueils de poèmes.
Il fait preuve
d'élégance et d'un
symbolisme raffiné
dans *La Colline*
(1955), *Laconiques*
(1956), *Le Fleuve
de l'être* (1968),
*Et l'aube rouvre
les points le poing*
(1978).

GRATTE-CIEL

Je monte une minute.

D'éternelle
Distance.

Toujours
Quand même
On en revient.

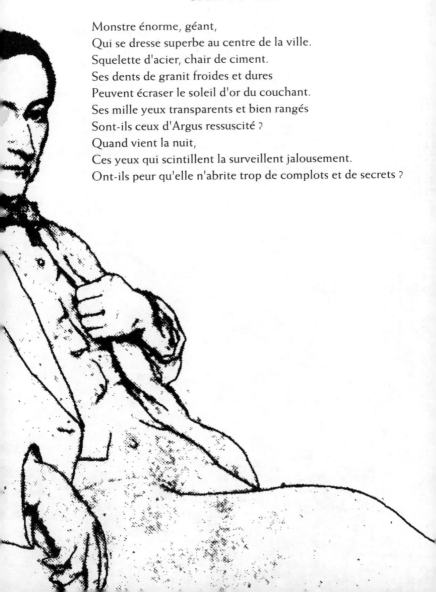

GRATTE-CIEL

Monstre énorme, géant,
Qui se dresse superbe au centre de la ville.
Squelette d'acier, chair de ciment.
Ses dents de granit froides et dures
Peuvent écraser le soleil d'or du couchant.
Ses mille yeux transparents et bien rangés
Sont-ils ceux d'Argus ressuscité ?
Quand vient la nuit,
Ces yeux qui scintillent la surveillent jalousement.
Ont-ils peur qu'elle n'abrite trop de complots et de secrets ?

New York, bouquet de bourgeons
Et furie de floraison.
Notre furie, notre ombelle.
New York, par où sort la sève,
Le bouillon d'en haut, l'écume,
La jeune bave sucrée.

Les murs poussent, blancs, rapides,
Comme moelle de sureau ;
Ô substance encore humide !
Les buildings de trente étages,
De cinquante, cent étages,
Dressent par-dessus notre âge
Des pylônes de bureaux.

Un flot de verre étincelle,
Une nuée de mica.
Les vitres volent, pollen
De ce printemps implacable.
Leur tourbillon qui s'élève
Colle après les parois neuves
Des durs palais verticaux.

Là-bas, la faim de grandir
Est enfin rassasiée.
Là-bas s'arrache et s'entend
Un râle, un essoufflement
De la pierre harassée,
Tant l'homme l'a vivement
Menée, vivement hissée.
(...)

Jules Romains (1885-1972).- Poète, romancier, auteur dramatique, il fit ses études à l'École normale supérieure et fut l'un des fondateurs du Groupe de l'Abbaye dont *La Vie unanime* (1908) est le manifeste. L'auteur du court et parfait *Knock* est aussi celui de l'immense fresque des *Hommes de bonne volonté*.

Un geste de la main
La manette s'accroche
Le pied sur la pédale
appuie tout doucement
Je tiens au bout des doigts
la poutre qui oscille
Une tonne de fer
qui monte vers le ciel
et frappe le soleil
Demain jour de repos
sourire du matin

Sur la table une rose

Messages de

LA VILLE EN POÉSIE

```
                                                  D
                                                u n a
                                                e u l
                                                é l a
                                                n v e
                                                r s l
                                                e s n
                                                u a g
                                                a s t
                                                e n d
                                                u e d
                                                e s e
                                                s q u
                                                a r a
v i l l e                                        n t e
h a u t e                          t o u r       é t a
m a s s e                          s l a n       g e s
p o è m e                          c é e s       l a v
a u t r e                          a l a s       i l l
t o u r s              V V V V      s a u t       e p a
t o i t s              i i i i      d e d c       r d e
b é t o n              l l l l      j o u r       s s u
m o n t e              l l l l      c o m m       s l e
f r o i d      A t t   e e e e      e l e s       s t o
g l a c e      e n t   a r r a      l e t t       i t s
m i n c e      i o n   u i e e      r e s s       n o u      J
v i t r e    S i v o u s  x r g x   u r l a       s d é      a
l i s s e    p r e n e z  m e a p   p a g e       s i g      c
j a i m e    l a s c e n  i v r l   l e c i       n e l      q
l a r u e    s e u r a v  l i d o   e l p r       e c i      u
a u t o s    e c l e s p  l l v r   i s o n       e l d      e
m o t o s    r i t f a r  e l i e   n i e r       u d o      s
v é l o s    c e u r i l  f e l r   d e s v       i g t
f o u l e    a p p u i e  e s l m   i t r a     V a g u e s d    C
l a s s e    r a s u r u  n a e o   g e s b    e l a f o u l e a  h
t o u t e    n b o u t o  ê n p t   r i s e    o m m e b a t l a  a
p l a c e    n q u i v o  t g o a   l e s o    h o u l e c o n t  r
r o u l e    u s e n v e  r l è m   l e i l    r e l a j e t é e  p
l e n t e    r r a s u r  e o m o   a l e n    s a n s j a m a i  e
h o u l e    P l u t o n  s t e t   t o u r    s s a r r ê t e r  n
p a s s e                                                        t
e t m o i l e s n é o n s m e c l i g n e n t d e l o e i l l e s m o t   r
s s o n t e n v i t r i n e p o u r d é c h i f f r e r l a v i l l e t   e
o u t e s l e s i m a g e s s a n i m e n t e t v o i l à q u e j e p r   a
e n d s p a r l a m a i n l a p o é s i e q u i c o u r t l e s r u e s   u
```

ville
haute
masse
poème
utre
urs
its
on
te
d
e

tour
slan
cées
alas
saut
dedc
jour
comm
eles
lett
ress
urla
page
leci
elpr
ison
nier
des

vvvv
iiii
llll
llll
eeee
arra
uiee
xrgx
meap
ivrl
lido
llvr
elle
felr
eslm

Att
ent
ion
Sivous
prenez
lascen
seurav
eclosp
itfar
euril
puis
uru
ut

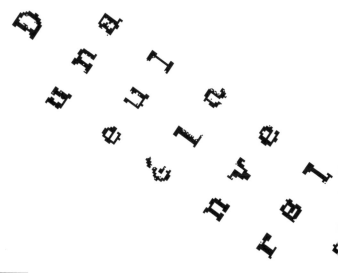

Rainer Maria Rilke
(1875-1926).-
Poète autrichien
avec les *Élégies
de Duino* et *Les
Sonnets à Orphée*,
il écrivit aussi en
français,
notamment *Vergers*
et *Les Quatrains
valaisans.* D'une
sensibilité
exacerbée, partagé
entre "une
aspiration ardente
à la lumière" et
une angoisse
sourde face
à la misère, la
souffrance et la
mort, il traversa
de longues crises
de doute et mourut
en laissant une
importante œuvre
de prose dont une
correspondance
abondante et les
célèbres *Lettres à
un jeune poète.*

Sanglot, sanglot, pur sanglot !
Fenêtre, où nul ne s'appuie !
Inconsolable enclos
plein de ma pluie !

C'est le trop tard, le trop tôt
qui de tes formes décident :
tu les habilles, rideau,
robe du vide !

LE CIEL ET LA VILLE

Le ciel peu à peu se venge
De la ville qui le mange.

Sournois, il attrape un toit,
Le croque comme une noix.

Dans la cheminée qui fume
Il souffle et lui donne un rhume.

Il écaille les fenêtres,
N'en laisse que des arêtes.

Il coiffe les hautes tours
D'un nuage en abat-jour.

Il chasse le long des rues
Les squelettes gris des grues.

La nuit, laineuse toison
Il la tend sur les maisons.

Il joue à colin-maillard
Avec les lunes du brouillard.

La ville défend au ciel
De courir dans ses tunnels.

Mais le ciel tout bleu de rage
Sort le métro de sa cage.

Charles Dobzinsky (né en 1929).– D'origine polonaise, il vit en France depuis son plus jeune âge. Il est directeur de la revue *Europe*. Il fut l'un des poètes les plus doués du groupe des Jeunes Poètes, animé par Elsa Triolet. Son inspiration est restée la même, nostalgique et éclatante.

Taches d'encre, taches d'huile
Sur le ciel crache la ville.

Mais le ciel pour les laver
Pleut sans fin sur les pavés.

LES USINES

Se regardant avec les yeux cassés de leurs fenêtres
Et se mirant dans l'eau de poix et de salpêtre
D'un canal droit, marquant sa barre à l'infini,
Face à face, le long des quais d'ombre et de nuit,
Par à travers les faubourgs lourds
Et la misère en pleurs de ces faubourgs,
Ronflent terriblement usines et fabriques.

Rectangles de granit et monuments de briques,
Et longs murs noirs durant des lieues,
Immensément, par les banlieues ;
Et sur les toits, dans le brouillard, aiguillonnées
De fers et de paratonnerres,
Les cheminées.

Se regardant de leurs yeux noirs et symétriques,
Par la banlieue, à l'infini.
Ronflent le jour, la nuit,
Les usines et les fabriques.
(...)

Et tout autour, ainsi qu'une ceinture,
Là-bas, de nocturnes architectures,
Voici les docks, les ports, les ponts, les phares
Et les gares folles de tintamarres ;

Et plus lointains encor des toits et d'autres usines
Et des cuves et des forges et des cuisines
Formidables de naphte et de résines
Dont les meutes de feu et de lueurs grandies
Mordent parfois le ciel, à coups d'abois et d'incendies.

Au long du vieux canal à l'infini,
Par à travers l'immensité de la misère
Des chemins noirs et des routes de pierre,
Les nuits, les jours, toujours,
Ronflent les continus battements sourds,
Dans les faubourgs,
Des fabriques et des usines symétriques.

L'aube s'essuie
À leurs carrés de suie
Midi et son soleil hagard
Comme un aveugle, errent par leurs brouillards ;
Seul, quand au bout de la semaine, au soir,
La nuit se laisse en ses ténèbres choir,
L'âpre effort s'interrompt, mais demeure en arrêt,
Comme un marteau sur une enclume,
Et l'ombre, au loin, parmi les carrefours, paraît
De la brume d'or qui s'allume.

Émile Verhaeren
(1855-1916).-
poète belge
d'expression
française, il passa
son enfance dans
les Flandres, et les
paysages flamands
sont présents dans
toute son œuvre
(*Les Campagnes
hallucinées*, 1893).
Mais il est aussi
un des premiers
à avoir chanté le
monde urbain et
industriel, le monde
du travail
(*Les Villes
tentaculaires*,
1895).

PARIS

(...)

Des ombres de palais, de dômes et d'aiguilles,

De tours et de donjons, de clochers, de bastilles,

De châteaux forts, de kiosks et d'aigus minarets,

De formes de remparts, de jardins, de forêts,

De spirales, d'arceaux, de parcs, de colonnades,

D'obélisques, de ponts, de portes et d'arcades :

Tout fourmille et grandit, se cramponne
en montant,

Se courbe, se replie ou se creuse ou s'étend.

Dans un brouillard de feu je crois voir ce grand
rêve !

La Tour où nous voilà dans le cercle s'élève ;

En le traçant jadis, c'est ici, n'est-ce pas,

Que Dieu même a posé le centre du compas ?

Le vertige m'enivre et sur mes yeux il pèse.

Vois-je une Roue ardente, ou bien une fournaise ?

(...)

Alfred de Vigny (1797-1863).- Né à Loches, Vigny était le fils d'aristocrates ruinés par la Révolution. Il fut gendarme de la maison du roi au retour de Louis XVIII. De garnison en garnison, il écrivit *Servitude et grandeur militaires*, ainsi que ses plus beaux poèmes et *Cinq-Mars*, un roman. *Chatterton* (1835) le rend célèbre. Ce grand créateur romantique et classique, poète, philosophe, cessa de publier à quarante ans, un peu désenchanté, trouvant sa célébrité suspecte. Ce n'est qu'après sa mort que furent éditées *Les Destinées.*

(...)
Vitrines des saisons aux fronts des enfants sages
Vitrines des couleurs aux yeux des fiancées
La saison de la nuit tache toutes mes pages
Vitrines de mon rêve et mes petites fées.

Rouben Melik.-
Né à Paris en
1921, il a partcipé
à la Résistance
sous le
pseudonyme
de "Musset".
D'une facture
classique, ses vers
chargés d'images
sont portés par
un lyrisme puissant.
Il a reçu le prix
de l'Académie
française en 1967,
année où il a
rassemblé ses
poèmes sous
le titre général
Chant réuni. On lui
doit une *Anthologie
de la poésie
arménienne*.

CROQUIS PARISIEN

La lune plaquait des teintes de zinc
  Par angles obtus.
Des bouts de fumée en forme de cinq
Sortaient drus et noirs des hauts toits pointus.

Le ciel était gris. La bise pleurait
  Ainsi qu'un basson.
Au loin, un matou frileux et discret
Miaulait d'étrange et grêle façon.

Moi, j'allais, rêvant du divin Platon
  Et de Phidias,
Et de Salamine et de Marathon,
Sous l'œil clignotant des bleus becs de gaz.

Paul Verlaine

Paul Verlaine (1844-1896).- Né à Metz, il publia ses premiers poèmes dans le *Parnasse contemporain* (1863) et le *Progrès*. Il se lia avec Banville, Baudelaire, Hugo et publia ses *Poèmes saturniens* en 1866. Il se maria en 1870 et rédigea *La Bonne Chanson*. C'est alors qu'il reçu les premiers poèmes d'un certain Rimbaud et que commença leur folle aventure. Condamné à deux ans de prison pour avoir tenté de tuer Arthur Rimbaud de deux coups de revolver, il se convertit, composa *Romances sans paroles* et *Sagesse*. À sa libération, il sombra rapidement dans la misère et l'alcoolisme, malgré son succès.

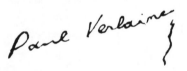

SONNET SUR PARIS
(AU XVIIᵉ SIÈCLE)

Paul Scarron
(1610-1660).-
Sa jeunesse rendue
difficile à cause du
remariage de son
père, il prit
les ordres et fut
attaché à
la personne de
l'évêque du Mans.
Il mène cependant
une vie galante
qu'il poursuivra
même après
la paralysie qui,
en 1638, le rendit
impotent. Poète,
dramaturge à
la verve bouffonne,
il reste connu pour
Le Roman comique
où il décrit l'univers
d'une troupe
de comédiens
itinérants.

Un amas confus de maisons,
Des crottes dans toutes les rues,
Ponts, églises, palais, prisons,
Boutiques bien ou mal pourvues ?

Force gens noirs, blancs, roux, grisons,
Des prudes, des filles perdues,
Des meurtres et des trahisons,
Des gens de plume aux mains crochues ;

Maint poudré qui n'a pas d'argent,
Maint homme qui craint le sergent,
Maint fanfaron qui toujours tremble,

Pages, laquais, voleurs de nuit,
Carrosses, chevaux et grand bruit,
C'est là Paris. Que vous en semble ?

PARISCOPE

C'est la parade des grands monuments
Tour Eiffel Notre-Dame
La foule va et vient baguenaude des Champs-Élysées
à la Défense.
Elle flâne du côté de l'École militaire
où les beaux zouaves ont laissé la place
aux embouteillages.
Dans les voitures il y a des gens qui habitent
dans de grandes tours le long des grands boulevards
et qui achètent mille choses dans de grands magasins
et puis vont flâner le long des quais
pour oublier les fumées des usines
qui polluent la Seine
et tuent les légumes dans les jardins de banlieue.
Sous les grandes gares – Gare de Lyon – Gare d'Austerlitz –
    Gare du Nord – Gare de l'Est – Gare Montparnasse –
le métro conduit aux musées
où derrière les vitrines lumineuses
la reine Karomama sourit avec ses lèvres orientales
et des jeunes filles rêveuses

vont acheter à la F.N.A.C. un album plein de photographies
de dieux et d'idoles qu'elles contemplent avec des yeux tristes
de somnambules urbaines.

*Poème écrit à partir des mots fournis par la Bibliothèque pour Tous de l'ALRIM, boulevard
Masséna, Paris : Champs-Élysées, la Défense, École militaire, embouteillages, F.N.A.C.,
foule, grandes gares, grandes tours, grands magasins, grands boulevards, grands monuments,
jardins, métro, musées, Notre-Dame, quais, la Seine, tour Eiffel, usines, vitrines.*

André Laude
(né en 1922).-
Poète avant tout,
journaliste, critique.
Une poésie souvent
angoissée en quête
de la liberté, liberté
du rire, liberté du
corps, élucidation de
l'humaine condition,
de l'univers grâce au
pouvoir du langage.

BOULEVARD SAINT-MICHEL

Ma lente carcasse d'automne
Et ce beau temps fané
Se traînent
Je respire ce jardin d'autos
Planté dans mon soleil
Et j'achète une gaufre
Les dernières feuilles
Tombent sur mon chandail
Avec la poudre du sucre
Je descends mon chemin
Coupé d'un hachis d'hommes et d'artères
J'accepte
Cet encéphalogramme
Je hume la ville mécanique
Je me déplace le long des vitrines
Doublée par moi-même
Je traîne et je cours
Je démêle quelque part
L'odeur de l'eau
Je croise et recroise
Des âmes
Je m'arrête
Puis je reprends le tempo
Il y a ici des couleurs de dahlia
De la terre fumée sous les trottoirs
Je croise et recroise

Des âmes
Je marche dans l'agora
Les Titres de livres
Comme des néons
S'allument et s'éteignent
J'accepte cet encéphalogramme
Des percolateurs chargés de café
Sont ancrés dans les bars
Des musiques comme des peupliers
Étirent leurs branches rondes
Je croise et recroise
Des âmes
La route trépide comme un métro
Il y a sur son dos
Un long cheminement d'insectes
Je croise et recroise des âmes
Je suis au bas du boulevard
C'est la fin du monde
Et je n'en sais rien.

Denise Jallais.-
Journaliste.
Une vie riche en
événement violents
et quotidiens,
le mariage, la
solitude, la mort
d'un enfant...
une femme qui se
bat en poésie avec
la vie, avec l'amour,
de *Matin triste*
(1952) jusqu'aux
Chevaux sauvages
(1966).

(...)
Qui est là
toujours là dans la ville
et qui pourtant sans cesse arrive
et qui pourtant sans cesse s'en va

C'est un fleuve répond un enfant
un devineur de devinettes
Et puis l'œil brillant il ajoute
Et le fleuve s'appelle la Seine
quand la ville s'appelle Paris
et la Seine c'est comme une personne
Des fois elle court elle va très vite
elle presse le pas quand tombe le soir
Des fois au printemps elle s'arrête
et vous regarde comme un miroir
et elle pleure si vous pleurez
ou sourit pour vous consoler
et toujours elle éclate de rire
quand arrive le soleil d'été
(...)

Jacques Prévert

LA TOUR EIFFEL

Mais oui, je suis une girafe,
M'a raconté la tour Eiffel.
Et si ma tête est dans le ciel,
C'est pour mieux brouter les nuages,
Car ils me rendent éternelle.
Mais j'ai quatre pieds bien assis
Dans une courbe de la Seine.
On ne s'ennuie pas à Paris :
Les femmes, comme des phalènes,
Les hommes, comme des fourmis,
Glissent sans fin entre mes jambes
Et les plus fous, les plus ingambes,
Montent et descendent le long
De mon cou comme des frelons.
La nuit, je lèche les étoiles.
Et si l'on m'aperçoit de loin
C'est que très souvent j'en avale
Une sans avoir l'air de rien.

Maurice Carême (1899-1978).- Après avoir été instituteur, il se consacre à la poésie (*Chanson pour Caprine*, 1930, *La Lanterne magique*, 1947). Il est bien connu des écoliers pour qui il a écrit une large part de son œuvre. Dans une langue classique et dépouillée, il chante la joie de vivre.

AUBE D'AOÛT À PARIS

Un oiseau de bois frais
chante dans le Seizième.
Les cris ensevelis
des cireurs des vendeurs d'oranges
et du New York-Herald-Tribune
imprimé sur le vallonnement des chandails bleus
du loueur de chaises de fer
qui à cette heure dans les parcs
poursuivent d'inaudibles conversations
des mouettes du Trocadéro
d'une femme qui sauta
de la première plate-forme de la tour
Eiffel
d'un enfant qui tomba sur la tempe
en jouant
ont usé le ciel jusqu'à la trame.
Il y faut chaque matin
le patient ravaudage de l'oiseau
l'odeur de l'origan du buis
le passage d'un couple
en marche vers la Seine
et la venue d'un étranger
contemplant pour la première fois le Champ de Mars
les gazons verts comme des dentifrices
la gloire fastidieuse des bronzes
le silence écorné de la ville monumentale

Pierre Ferran
(né en 1930).
Il se partage entre
l'enseignement
et la poésie.
Son œuvre est
plaisante, variée,
parfois tendre,
toujours pleine
d'humour
(*Les Yeux*, 1971,
Les Urubus, 1972,
Les Zoos effarés,
1972, *Nous
mourons tous des
mêmes mots*, 1974,
*Sans tambour ni
trompette*, 1979).

PRINTEMPS EN VILLE

Le printemps submerge la ville
D'oiseaux qu'il lance sur les toits.
Partout des visages tranquilles
Fleurissent les carreaux étroits.

Le vert a envahi les parcs
Où les platanes font la roue.
Les statues ont bandé leur arc
Et mettent les passants en joue.

Vous aurez bientôt des lilas
Où vous cacher, les amoureux.
Et les bancs qui sont près de là,

Surpris par l'éclat de vos voix,
N'écoutent plus les petits vieux
Que l'hiver retenait chez eux.

LES RUES

Une vraie rue
Pleine de verrues
Et de verrous

Paul Vicensini
(né en 1930).-
Infatigable
animateur
d'activités
poétiques, il fut
éditeur du Club
du poème. Il
s'occupe avec zèle
et passion de faire
entrer la poésie à
l'école et partout.
Mais cette activité
ne saurait faire
oublier le poète
dont l'humour
masque à peine
une déchirante
amertume.

LA RUE QUI CHANTE

Les voix qui tournaient
Dans la rue en pente
Celui qui montait
La tâche accomplie
Il y a des lettres sur le mur
Et tout le monde qui regarde
Les étoiles pendent
Les becs de gaz tremblent
     Le vent´

Je marche
Et l'air entier passe devant
Quand la terre tourne plus vite
Où pourrait-on se retenir
C'est peut-être la peur
Qui nous empêche de courir
Et ce sont les mots qui s'envolent
Les feuilles
Et tous les rideaux
Pour voir ce qu'il y a derrière
Dessous
Les larmes sur la gouttière de la cour

LA JOIE DES NOMS

Les beaux noms à la qui-dort-dîne :
Impasse Borromée, Petites-Écuries,
Monsieur d'Aurelles de Paladine,
Monsieur de Langle de Cary.

Lavandières Sainte-Opportune
Ô Pastourelle, ô Blancs-Manteaux
Lavés, nacrés de clair de lune,
Rue des Ciseaux, rue des Couteaux,

Des Ursins et de la Colombe
– Et ma rue du Vieux-Colombier –
Carrosses roulez sur les tombes :
Puis voici la rue du Sentier,

La rue du Bac au bord de Seine,
La rue des Paradis Perdus,
La rue des rues où je promène
Tous les bonheurs qui me sont dus.

Je m'enchante à ces noms de glace,
De feu, de sommeil et d'amour.
Au fond le plus noir de l'impasse
Roulent d'invisibles tambours,

Battent des pluies voilées de larmes,
Flambent d'aigres soleils défunts.
J'attends sous l'ombre et sous le charme
Des siècles qui n'ont pas de fin.

Couleur velours et musaraigne
Couleur d'étoile, de souris,
De la rose qui la nuit saigne
Ou s'effeuille sous les lambris,

D'un passé dont les ailes mortes
Se croisent au fond de mon cœur.
Un souffle ouvre, ferme ses portes
Le temps d'un battement de cœur.

Maurice **Fombeure** (1906-1981).-
Ce professeur de lettres, après un détour du côté du surréalisme, a retrouvé le goût des choses vraies, celles du terroir, mais sans jamais sacrifier son amour des jeux de mots, du cocasse, de la pureté de la langue. (*Silence sur le toit*, 1930, *À dos d'oiseau*, 1942, *Aux créneaux de la pluie*, 1946, *À chat petit*, 1967).

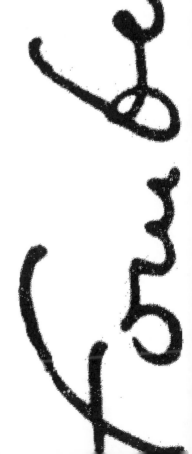

COUPLET
DE LA RUE DE BAGNOLET

Le soleil de la rue de Bagnolet
N'est pas un soleil comme les autres.
Il se baigne dans le ruisseau,
Il se coiffe avec un seau,
Tout comme les autres,
Mais, quand il caresse mes épaules,
C'est bien lui et pas un autre,
Le soleil de la rue de Bagnolet
Qui conduit son cabriolet
Ailleurs qu'aux portes des palais.
Soleil ni beau ni laid,
Soleil tout drôle et tout content,
Soleil d'hiver et de printemps,
Soleil de la rue de Bagnolet.
Pas comme les autres.

Robert Desnos
(1900-1945).-
Mobilisé en 1939,
il rejoignit la
Résistance en 1942.
Déporté, il est mort
peu après la
libération du camp
de Terezin. Son
œuvre, pleine de
fantaisie et d'une
grande liberté
d'esprit, est
multiple; pour les
enfants, il a écrit
notamment
*Chantefables et
Chantefleurs* (1944).

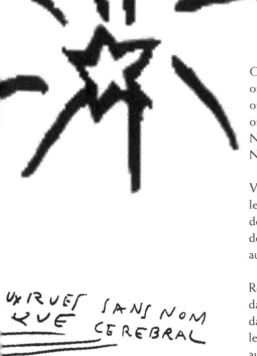

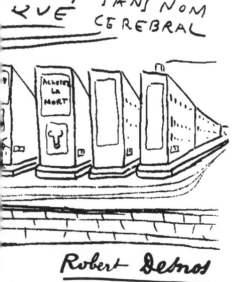

LES FEUX

Orange, tu passes,
orange léger,
orange légère,
orange, tu deviens cerise.
Ne soyons pas surpris,
Ne soyons pas surprises...

Vert, orange, rouge,
les feux sont des fruits,
des cœurs qui scintillent,
des yeux qui s'allument
au coin de ma rue.

Rouge, vert, orange,
dans les soirs de brume,
dans les nuits de plume,
les feux sont des songes
au bout des trottoirs.

Je m'arrête au rouge,
une rose bouge
dans l'or du matin.

Au vert, je m'en vais,
je m'en vais au vert,
je m'éloigne vers
des feuilles de jade,
un ciel de salade...
Adieu, la cité.
Le vert, c'est l'été.

L'EMBOUTEILLAGE

Feu vert Feu vert Feu vert !
Le chemin est ouvert !
Tortues blanches, tortues grises, tortues noires,
Tortues têtues Tintamarre !
Les autos crachotent,
Toussotent, cahotent
Quatre centimètres
Puis toutes s'arrêtent.

Feu rouge Feu rouge Feu rouge !
Pas une ne bouge !
Tortues jaunes, tortues beiges, tortues noires,
Tortues têtues Tintamarre !
Hoquettent, s'entêtent,
Quatre millimètres,
Pare-chocs à pare-chocs
Les voitures stoppent.

Blanches, grises, vertes, bleues,
Tortues à la queue leu leu,
Jaunes, rouges, beiges, noires,
Tortues têtues Tintamarre !
Bloquées dans vos carapaces
Regardez-moi bien : je passe !

CRIS DE PARIS

On n'entend plus guère le repasseur de couteaux
le réparateur de porcelaines le rempailleur de chaises
on n'entend plus guère que les radios qui bafouillent
des tourne-disques des transistors et des télés
ou bien encore le faible aye aye ouye ouye
que pousse un piéton écrasé

LES RUES DE ROME

Vers 14 av. J.-C.

(...) Un entrepreneur court, comme s'il avait la fièvre, avec ses mulets et ses portefaix ; une grue élève en l'air, ici une pierre de taille, là une énorme poutre ; un convoi funèbre se heurte à un lourd chariot ; un chien enragé détale par cette rue ; une truie couverte de boue se précipite par cette autre. (...)

Horace (65-8 av. J.-C). - Sa vie nous est connue par son œuvre ainsi que par la biographie que lui a consacrée Suétone. Fils d'esclave affranchi, il reçut de son père des soins et une éducation dont il parle avec émotion dans la VIe Satire. Il écrivit des poésies épicuriennes pleines d'allusions aux hommes et aux événement de son temps (*Épîtres, Satires, Épodes*). Poète de l'amour et de la vie rustique, il chante aussi la paix de l'esprit et de l'âme.

Vers l'an 120

(...) Le flot qui me précède fait obstacle à ma hâte ; la foule pressée qui me suit me comprime les reins. L'un me heurte du coude ; l'autre me choque rudement avec une solive. En voici un qui me cogne la tête avec une poutre. (...) Mes jambes sont grasses de boue. Une large chaussure m'écrase en plein et un clou de soldat reste fixé dans mon orteil. Voyez-vous cette cohue et cette fumée autour de la sportule ? Cent convives, suivis chacun de leur batterie de cuisine ! Corbulon aurait peine à soulever tous les vases énormes, tous les ustensiles juchés sur la tête d'un malheureux petit esclave qui les porte, le cou raidi, et de sa course avive le feu. Voilà en lambeaux des tuniques qui venaient d'être reprisées. – Sur un chariot qui s'avance oscille une longue poutre ; sur un autre, c'est un pin. Leur balancement aérien menace la foule. Si l'essieu qui porte des marbres de Ligurie vient à se briser et que, perdant l'équilibre, cette masse se déverse sur les passants, que reste-t-il des corps ? Broyé, le cadavre du pauvre homme disparaît tout entier, tel un souffle. (...)

Juvénal (v. 55-v. 140 ap. J.-C.- Poète satirique latin, ses *Satires* eurent peu de lecteurs dans les premiers siècles, mais elles connurent un grand succès au temps de la Renaissance. Il critiqua les vices de son époque en exaltant la Rome traditionnelle de Cicéron et de Tite-Live.

SOUVENIR

Le brouillard de la Garonne
habillait les rues muettes.
Les platanes s'endormaient
dans les paroles du vent.

Des chevaux de nuit, de neige
parcouraient les boulevards,
des lanternes de vieil or
dansaient autour des crinières.

Au jardin du Capitole
chuchotaient des femmes grises,
une cascade pleurait
sous un pauvre pont de bois.

Tout à coup, d'une boutique
de poussière et de velours,
de porcelaine et de verre,
d'une boutique ancienne

pleine de fleurs effacées
et de miroirs sans visage,
est venue une musique
de je ne sais quelles cordes.

C'était un ange peut-être
ou la brise d'un matin...
Des chevaux de nuit, de neige
parcouraient les boulevards,
des lanternes de vieil or
dansaient autour des crinières.

LES EMBARRAS
DE PARIS AU XVIIᵉ SIÈCLE

En quelque endroit que j'aille, il faut fendre la presse
D'un peuple d'importuns qui fourmillent sans cesse.
L'un me heurte d'un ais, dont je suis tout froissé ;
Je vois d'un autre coup mon chapeau renversé ;
Là, d'un enterrement, la funèbre ordonnance,
D'un pas lugubre et lent vers l'église s'avance ;
Et plus loin, des laquais, l'un l'autre s'agaçant,
Font aboyer les chiens et jurer les passants.
Des paveurs, en ce lieu, me bouchent le passage ;
Là, je trouve une croix de funeste présage,
Et des couvreurs, grimpés au toit d'une maison,
En font pleuvoir l'ardoise et la tuile à foison.
Là, sur une charrette, une poutre branlante
Vient menacer de loin la foule qu'elle augmente ;
Six chevaux attelés à ce fardeau pesant
Ont peine à l'émouvoir sur le pavé glissant ;
D'un carrosse, en tournant, il accroche une roue,
Et du choc le renverse en un grand tas de boue,
Quand un autre à l'instant s'efforçant de passer
Dans le même embarras se vient embarrasser.
Vingt carrosses bientôt arrivant à la file
Y sont en moins de rien suivis de plus de mille ;
Et, pour surcroît de maux, un sort malencontreux
Conduit en cet endroit un grand troupeau de bœufs ;
Chacun prétend passer ; l'un mugit, l'autre jure ;
Des mulets en sonnant augmentent le murmure ;
Aussitôt, cent chevaux dans la foule appelés
De l'embarras qui croît ferment les défilés,
Et partout des passants enchaînant les brigades,
Au milieu de la paix font voir des barricades.
On n'entend que des cris poussés confusément :

Dieu pour s'y faire ouïr tonnerait vainement.
Moi donc, qui dois souvent en certain lieu me rendre,
Le jour déjà baissant, et qui suis las d'attendre,
Ne sachant plus tantôt à quel saint me vouer,
Je me mets au hasard de me faire rouer,
Je saute vingt ruisseaux, j'esquive, je me pousse ;
Guénaud sur son cheval en passant m'éclabousse ;
Et n'osant plus paraître en l'état où je suis,
Sans songer où je vais, je me sauve où je puis.

Nicolas Boileau (1636–1711).– C'est la satire qui apporta à Boileau sa notoriété : elle lui permit d'exprimer un avis sévère sur ses contemporains. Il fut également un théoricien du classicisme, grâce à son *Art poétique* (1674), où il énumère les principes de l'art d'écrire.

Lucienne
Desnoues.-
Colette et Charles
Vildrac
l'encouragèrent
à écrire. *Les Ors*
(1966) est un
de ses meilleurs
recueils. Elle aime
la vie et chante
le quotidien, la vie
bien remplie,
la nourriture,
le travail, les
récoltes, la
profusion
du monde.

LES CHANTIERS CITADINS

« Que notre sang rie en nos veines »
(Arthur Rimbaud)

Ah ! Rimbaud, que notre sang rie,
Comment pourrions-nous l'espérer ?
Chaque journée est un fourré
Des chiffres et de sonneries.
À tout instant le sang s'effraie
Quand s'esclaffe un marteau-piqueur
Et dans sa nuit noire le cœur
Doit en pousser des cris d'effraie !
On ne l'entend pas qui supplie
Le nord, le sud, les creux, les cieux,
Et comme ils sont silencieux
Les coups de feu des embolies,
Tous les coups fourrés qui s'apprêtent
Dans la forêt de tous nos corps
Où sans que Dieu sonne du cor
Sa chasse à courre est toujours prête.
En nos veines, que le sang rie
Quand ricane l'âcre univers
Des marteaux-piqueurs en frairie !
Où sont pic-épeiche et pic-vert,
Frappant aux écorces serrées,
Marteaux-piqueurs de la forêt,
Et, toquant sous les terreaux frais,
Le discret printemps des orées ?

Charles Baudelaire
(1821-1867).-
Après une enfance
triste, il étudie
le droit, voyage,
participe à la
révolution de 1848
et commence à
publier ses poèmes.
Traducteur d'Edgar
Poe, il fait paraître
en 1857 son
premier recueil,
Les Fleurs du mal.
Le poète et
l'éditeur sont
condamnés pour
outrage à la morale
publique et
Baudelaire doit
retirer six poèmes.
Cet arrêt ne sera
cassé qu'en 1949.

Fourmillante cité, cité pleine de rêves,
Où le spectre en plein jour accroche le passant !
Les mystères partout coulent comme des sèves
Dans les canaux étroits du colosse puissant.

Un matin, cependant que dans la triste rue
Les maisons, dont la brume allongeait la hauteur,
Simulaient les deux quais d'une rivière accrue,
Et que, décor semblable à l'âme de l'acteur,

Un brouillard sale et jaune inondait tout l'espace,
Je suivais, roidissant mes nerfs comme un héros,
Et discutant avec mon âme déjà lasse,
Le faubourg secoué par les lourds tombereaux.
(...)

LA PETITE RUE SILENCIEUSE

Le silence orageux ronronne. Il ne passera donc personne ?
Les pavés comptent les géraniums. Les géraniums comptent
    les pavés.
Rêve, jeune fille, à ta croisée. Les petits pois sont écossés.
Ils bombent ton blanc tablier que tes doigts roses vont lier.
Je passe de noir habillé. Un éclair au ciel t'a troublée,
Jeune fille, ou c'est donc ma vue ? Tes petits pois tombent dans
    la rue.
Sombre je passe. Derrière moi les pavés comptent les petits pois.
Le silence orageux ronronne. Il ne passera donc personne ?

Paul Fort (1872–
1960).–
Né à Reims.
Passionné de
théâtre, il crée,
à Paris, le théâtre
d'Art, qui deviendra
par la suite le
théâtre de l'Œuvre.
Ses premières
Ballades françaises
paraissent en 1896.
Il est élu prince des
Poètes en 1912.

Y a du soleil dans la rue
J'aime le soleil mais j'aime pas la rue
Alors je reste chez moi
En attendant que le monde vienne
Avec ses tours dorées
Et ses cascades blanches
Avec ses voix de larmes
Et les chansons des gens qui sont gais
Ou qui sont payés pour chanter
Et le soir il vient un moment
Où la rue devient autre chose
Et disparaît sous le plumage
De la nuit pleine de peut-être
Et des rêves de ceux qui sont morts
Alors je descends dans la rue
Elle s'étend là-bas jusqu'à l'aube
Une fumée s'étire tout près
Et je marche au milieu de l'eau sèche
De l'eau rêche de la nuit fraîche
Le soleil reviendra bientôt.

Boris Vian (1920-1959).-Après des études d'ingénieur, il explore les formes artistiques les plus diverses : la musique de jazz, le roman noir (*J'irai cracher sur vos tombes*), la poésie (*La Geste du Major*) et la science-fiction (*L'Écume des jours*). Toute son œuvre est empreinte d'une sourde angoisse. Il laissera l'image d'un homme passionné et sensible qui a su rire de l'absurdité du sort.

LA STATUE ENDORMIE

Des fils invisibles tissent un drame silencieux entre trois personnes immobiles, aux ombres légères, dans le fond d'une rue – chambre ouverte – où brille la lueur de l'aube.

et là-bas, au carrefour, la statue rêve d'un cri, brisant l'atmosphère, et qui brusquement, l'éveille.

Marcel Lecomte (1900-1966). - Enseignant et écrivain belge d'expression française, il s'oriente vers le surréalisme jusqu'à l'ésotérisme. Son œuvre fut rassemblée en 1980 dans *Œuvres* et en 1989 dans les *Voies de la littérature*. Il a aussi écrit de nombreuses chroniques pour la revue *Synthèses*.

COMPTINE

Sur le Pont-Neuf Henri IV
Toute la nuit toujours galope ;
Ça va bien quand il fait beau,
Mais quand il tombe de la pluie
Il n'a pas de parapluie
Il est trempé jusqu'aux os.

Victor Hugo
(1802-1885).-
Ses convictions
politiques
le portèrent
du royalisme de son
adolescence
à la défense
de la République.
Il eut le courage
de s'opposer
à la dictature
de Napoléon III
et vécut vingt ans
en exil. Romancier,
homme de théâtre,
écrivain complet,
sa poésie a traité
tous les genres,
tous les styles :
Odes et ballades,
1826, *Les
Châtiments*, 1853,
Les Contemplations,
1856, *La Légende
des siècles*, 1859...

LES STATUES

Dans nos villes, la nuit, au clair de lune, sur le pavé des places publiques,
à la pointe des îles où l'eau se plisse, sous les rameaux de l'arbre qui se balance,
voir se taire, d'un éternel silence, immobiles,

Ces cavaliers de marbre au geste souverain,
Ces rois de bronze assis sur des coursiers d'airain,
Géants mystérieux pleins d'un souffle invisible,
Qui, s'ils marchaient soudain, feraient un bruit terrible !

J'EN AI TANT VU...

C'était quelque part sur la terre.
Je ne pourrais plus vous dire où.
J'en ai tant vu, tant vu partout
Des vieilles rues, des vieilles pierres.

Il y avait aussi des places
Avec des fleurs et des oiseaux
Qui semblaient perdues dans l'espace
Avec leur soleil aux carreaux.

Des églises sonnaient des heures
Étonnées de tant de bonheur
Que le couchant sur les demeures
Rougissaient en forme de cœur.

Et, s'il y avait des rivières,
Elles ne faisaient qu'apparaître
À un tournant pour disparaître
Comme avalées par la lumière.

Les statues quittaient sans souci
Leur socle. Parfois, il arrive
Que j'en retrouve à la dérive
Voguant dans d'étranges pays
N'existant plus qu'en mon esprit.

Les statues aux yeux bleus peuplent les Tuileries.

Et quand s'abat le soir, les statues déambulent, sans bruit,

sur le pas des statues est l'ombre du sommeil !

Hubert Juin (1926-1987).- Belge d'expression française, il est à la fois poète, romancier, essayiste, critique, homme de radio. Engagé tôt dans la Résistance, il se rend après la guerre à Paris où il se lie avec Aragon, Camus et les jeunes intellectuels. Il participe à de nombreuses revues, émissions de radio... Son activité critique éclate dans *Chroniques sentimentales* (1962).

GENS
DES VILLES

LE SOURIRE

Oui, les maisons lui souriaient,
Les arbres aussi et les pierres
Lui souriaient à leur manière
Dès que le matin se levait.

Et il leur souriait aussi,
Leur souriait à sa manière
Comme seul arrive à le faire
Le plus merveilleux des amis.

Fourmis, fourmis –
Pas si fourmis que ça,
Ces gens qui vont, se faufilent
Qui se frôlent, s'entassent.
Ou c'est que les fourmis
Ne sont pas ce qu'on dit.
Car dans les gens d'ici
prétendument fourmis
Ça rêve bougrement.

Eugène Guillevic (1907-1997). – Né à Carnac, il quitta très tôt le pays "terraqué" pour le Nord industriel puis l'Alsace. Il se fixa à Paris où il mena une carrière de fonctionnaire. Pendant l'occupation allemande, il participa au recueil collectif *L'Honneur des poètes*, avec Éluard. Sa poésie elliptique va au cœur des êtres et des choses.

Broyés dans leur propre engrenage
ils ne regardent plus le ciel
Pour eux c'est un enfantillage
d'affirmer qu'en haut des nuages
existe toujours le soleil

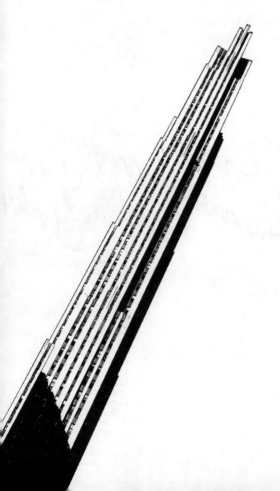

Armand Monjo.-
Né à Cavaillon
en 1913, il fut tour
à tour animateur
des Auberges
de la jeunesse,
journaliste,
professeur.
Pendant
l'occupation, il a
été l'un des chefs
de la Résistance
dans les Alpes.
Après *Poursuites*
(1942), il a
notamment publié
*La Colombe
au cœur* (1961),
Le Temps gagné
(1962). Sa poésie
allie la générosité,
l'amour et le sens
de la nature dans
un lyrisme retenu
(*Univers naturel*,
1965; *Poèmes pour
le Viêt-nam*, 1968;
*Né du soleil des
pierres*, 1972).
On lui doit aussi
de remarquables
traductions
de l'italien.

PROCÈS-VERBAL

Cet individu était seul.
Il marchait comme un fou
il parlait aux pavés
souriait aux fenêtres
pleurait en dedans de lui-même
et sans répondre aux questions
il se heurtait aux gens, semblait ne pas les voir.

Nous l'avons arrêté.

Jean Tardieu
(1903-1996).–
Il fut en même
temps auteur
dramatique et
poète. Dans ses
pièces comme
dans sa poésie
(*Le Fleuve caché*,
1933, *Accents*,
1939, *Monsieur
Monsieur*, 1951...)
apparaît un goût
très vif pour les
multiples jeux
du langage.

VILLE

Trams, autos, autobus,
Un palais en jaune pâli,
De beaux souliers vernis,
De grands magasins, tant et plus.

Des cafés et des restaurants
Où s'entassent des gens.
Des casques brillent, blancs :
Des agents, encor des agents.

Passage dangereux. Feu rouge,
Feu orangé, feu vert.
Et brusquement tout bouge.
On entend haleter les pierres.

Je marche, emporté par la foule,
Vague qui houle,
Revient, repart, écume
Et roule encore, roule.

Nul ne sait ce qu'un autre pense
Dans l'inhumaine indifférence.
On va, on vient, on est muet,
On ne sait plus bien qui l'on est
Dans la ville qui bout, immense soupe au lait.

Georges-Louis Godeau (né en 1921).- Une poésie simple, forte et riche comme la vie quotidienne, des poèmes en prose pleins d'humanité fraternelle avec *Les Mots difficiles* (1962), *Les Foules prodigieuses* (1970), *Le Fond des choses* (1974), *À tête reposée* (1975), *Venez, je vous emmène* (1979).

LE BOUEUR

Boueur, je te reconnais quand je te croise l'après-midi, pour
t'avoir regardé souvent, le matin, courir derrière ta
benne, courir, sauter, jeter, recommencer.

Les hommes n'admirent que les athlètes du dimanche.

Boueur, garçon à belle allure, à la peau claire et au chandail
propre, écoute le rythme de ton corps et regarde bien
en face l'humanité.

Tu es un de ses plus beaux fils.

AU MARCHÉ

Les joues de la fruitière
sont en peau d'abricot
La grande charcutière
est ronde comme un jambonneau
La petite marchande de fleurs
fine comme un pois de senteur
Le boulanger
qui n'est pas gros
est un Pierrot enfariné
mais sa femme la boulangère
qui n'est pas légère légère
sent bon le sucre et le pain chaud

Une chanson si vieille
fredonnée rue de Buci

Mon petit charbonnier
ta femme est-elle gentille ?
– oh, Mademoiselle,
cent fois plus belle que vous !

Mais le charbon
mais le charbon
la noircit tout !

Une chanson si vieille
fredonnée rue de Buci
par une fille si jeune
si jeune et si jolie.

BOUQUETS. Mesdames de
oses. achetez donc des rose

NOTRE-DAME DES MAÇONS

Marie en bleu, Marie en blanc,
Marie des maisons et des villes,
Avec leurs toits par mille et mille,
Avec leurs rues pleines de gens.

Marie, les voici les maçons,
Qui bâtissent et qui construisent,
Et qui font pour Dieu des églises,
Et pour les hommes des maisons.

Marie, les voici les maçons
Qui posent pierres une à une,
Durant des jours, des mois en long,
Enduisant de mortier chacune,

Pour les unir, les marier,
Et lors, et suivant leur fortune,
En faire puits, cave ou clocher,
Ou bien mur nu comme la lune.

Marie, les voici les maçons,
Ainsi qu'ils sont sur leurs échelles,
Si haut qu'on les dirait au ciel
Auprès de vous, le dos en rond,

Avec, à leurs mains, leurs truelles,
Et les pieds sur les échelons,
Et leurs manches comme des ailes
Battant autour de leurs bras longs

Tandis qu'autour d'eux c'est l'argile,
Le sable, la chaux, le ciment,
Et les briques mêlées aux tuiles
Dans les poutres, les longerons.

Or midi sonnant sur la ville,
C'est pour eux joie qui les attend,
Car c'est repos, toits qui rutilent
Disant repas, fumée montant,

Et lors, las, comme un peu rendus
Du matin fait d'heures en long,
Marie, c'est comme ils sont venus
Alors, et aussi, qu'ils s'en vont.

Max Elskamp (1862-1931).- Né à Anvers, ce poète symboliste belge est d'expression française. Très marqué par le Moyen Âge, l'histoire, mais très soucieux du quotidien et de la vie, il compose de naïves *Enluminures* qui chantent une simplicité pleine d'écho d'un passé de légendes.

DIMANCHE

Les passants
vont sur de lents tapis roulants.
Les voitures gonflent leurs voiles
le ciel est tendu de soie.
Une vapeur de joie
glisse sur la ville
laque les visages
vernit les maisons
engourdit la raison.
Devant l'hôpital
moins soucieux en apparence
on fait confiance à la science.

Ta joie ne peut être seule
son compagnon est le chagrin.
L'une apaise l'autre qui l'emprisonne.

Gisèle Prassinos
(née en 1920).-
Née à
Constantinople,
elle publie à
quatorze ans des
poèmes fort bien
accueillis par le
groupe surréaliste.
Son langage piégé
révèle les failles
d'une réalité
arrogante qu'elle
sait parfaitement
court-circuiter.

Et c'est la Ville où banal et secret
Tu t'en iras respectant les usages,
Te cachant d'être au milieu des gens sages
Celui qui fait des vers à l'imparfait.

Et soucieux de n'avoir l'air distrait
Ni tourmenté de ports et de rivages
Lorsque tes pairs aux mentons en étages
Te parleront du beau temps en tramway.

Mais les doués du don d'exil s'exilent
Même en la ville, et le ciel est une île
Quand Robinson décédé monte au ciel ;

Et Robinson tout seul malgré les anges,
Et toi malgré le beau temps et les changes,
Vous goûterez encor l'odeur du sel.

Marcel Thiry
(1897-1977).-
Écrivain belge
d'expression
française.
Son originalité
apparaît dans
son style et dans
son imagination.
Il participa à la
Première Guerre
mondiale sur le front
russe, et fit ensuite
le tour du monde
par la Sibérie
et les États-Unis.
Ce périple nourrit
son imagination
dans ses premiers
textes : *Toi qui pâlis
au nom de
Vancouver.* Par
la suite, il se crée
un fantastique
personnel dans
*Nouvelles du Grand
Possible* (1960).
Il milita en faveur
de la Wallonie.

Visages de la rue, quelle phrase indécise
Écrivez-vous ainsi pour toujours l'effacer
Et faut-il que toujours soit à recommencer
Ce que vous essayez de dire ou de mieux dire ?

OCTOBRE-VILLE

Un après-midi dans Paris
les pigeons ne font plus d'ombre
et la laveuse de carreaux
ne cueillera que de maigres regards
Occupée à sa tâche elle ignore
les chaises vides des terrasses
la brusque inclinaison du jour
le blanchiment des toits et des fumées
Sous les rampes de néon
des plantes vertes innommées
croissent sans rien connaître des saisons
des pluies
des insectes à élytres
Quand le rideau se répand à nouveau
sur la vitre
la femme nettoie le feuillage lustré des ornementales
puis se retire
        et la nuit vient

(...)
Ô la Gare de l'Est et le premier croissant
Le café noir qu'on prend près du percolateur
Les journaux frais Les boulevards pleins de senteurs
Les bouches du métro qui captent les passants
(…)

Louis Aragon
(1897-1982).-
En lui s'incarne
presque un demi-
siècle de poésie.
Après des études
médicales, il
devient surréaliste,
choisit le
communisme;
sensible à la
fragilité des
choses, mais
soucieux de justice
et de liberté.
Il a vécu tous les
grands événements
de notre époque;
ses romans en
témoignent, sa
poésie chante les
hommes, leurs
déchirements
et un grand amour,
celui d'Elsa.

L. Aragon

DE NOTRE TEMPS

Quand notre ciel se fermera
Ce soir
Quand notre ciel se résoudra
Ce soir
Quand les cimes de notre ciel
Se rejoindront
Ma maison aura un toit
Ce soir
Il fera clair dans ma maison
Quelle maison est ma maison
Une maison d'un peu partout
De tous de n'importe qui
Mais les plus douces de mes maisons
Ce soir
Seront celles de mes amis.

Paul Éluard (1895-1952).- Il participa à toutes les aventures politiques du siècle: Dada, le surréalisme... En 1927, il adhéra au parti communiste et s'engagea dès 1933 dans la lutte contre le fascisme. Après la défaite de 1940, il entra dans la Résistance et écrivit alors le poème *Liberté*. Son œuvre est considérable : citons, parmi les recueils les plus connus: *Capitale de la douleur* (1926), *L'Amour la poésie* (1929), *Les Yeux fertiles* (1936).

LES LUMIÈRES
DE LA VILLE

COUPLET DU TROTTOIR D'ÉTÉ

Couchons-nous sur le pavé
Par le soleil chauffé, par le soleil lavé,
Dans la bonne odeur de poussière
De la journée achevée,
Avant la nuit levée,
Avant la première lumière,
Et nous guetterons dans le ruisseau
Les reflets des nuages en assaut,
Le coup de sang de l'horizon
Et la première étoile au-dessus des maisons.

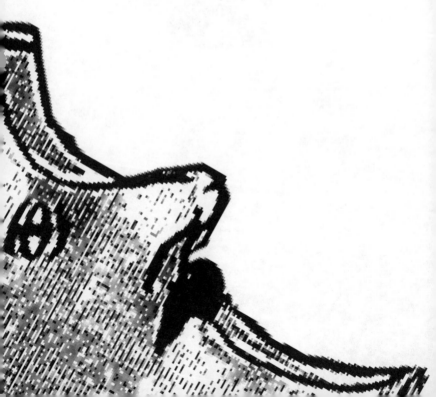

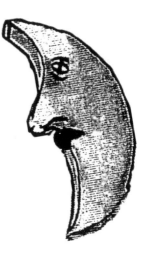

LES LUMIÈRES DE LA VILLE

Quand le jour épouse la nuit
Et qu'on voit le croissant lunaire
Se glisser là-haut dans le lit,
Transportez-vous, gens de la terre,
À Londres, New York ou Paris ;
Vous y entendrez mieux le bruit
Qu'aiguise partout la lumière
Lançant ses couteaux dans la nuit.
(Pourtant, hors du monde ébloui,
Un revenant, un réverbère,
S'évertue en vain à mieux faire
Que la lune au fond du grand lit.)

Pierre Menanteau.-
Né en 1895,
il fait carrière dans
l'enseignement.
Dans ses poèmes
apparemment
simples où tendresse
et fantaisie vont
souvent de pair,
deux thèmes sont
privilégiés : la nature
et l'enfance. Il a
notamment publié
Le Cheval de l'aube,
(1952), *Bestiaire
pour un enfant
poète* (1958),
*De Chair et
de feuilles* (1966),
*Mythologies
familières* (1969)
A l'école du buisson,
(1971), *Suite pour
Andersen* (1972)...

Le petit bossu
de la rue des Trois-Épées
porte sur sa tête enflée
une étoile de roi-mage

Ses mains sont tout éclairées
de soleil de vérité
dont il caresse en rêvant
les vieux chiens et les maisons

Il habite quelque part
entre deux nuages roses
et comme les grandes choses
il ne tient aucune place

Peut-être que cette étoile
n'est qu'un grand chapeau percé
mais tous les soirs à ma porte
je l'attends qui va passer

Luc Decaunes
(né en 1913).-
Il fut avant
la dernière guerre
directeur de
la revue *Soutes*
dans laquelle
s'exprimaient
ses idées
révolutionnaires.
Son œuvre
poétique, réunie
en un volume,
Raisons ardentes
(1963), est celle
d'un homme
d'action
chaleureux,
proche des
hommes, amoureux
et révolté.

LIBERTÉ DU SOIR

Respire le bon air du soir aux lourdes épaules
le bon air des sorties d'usine.
Respire ta liberté
profonde si tu veux
de toute une nuit.

Maintenant tu es à toi
tu peux marcher dans les flaques
qui allument ton chemin
tu peux aller jusqu'à demain
avec la danse de ta pensée délouée.

Tandis que ton ombre t'accompagne
humble fidèle rassurante
animant le miroir des murs.

(...) Paris mon blé pour qui je crains le grain
Ma roseraie où le soleil se lève
Si tendre au jour Paris mon romarin
Si beau le soir qu'on en manque son train
Si doux la nuit qu'on le préfère au rêve (...)

SOIR DE PARIS

Le soir s'ouvrit de bonne heure
Plus vaporeux que jamais
Les arbres étaient en deuil
Et les maisons en grand feu

Sur le visage du ciel
Savonné rasé massé
Coula le jus de cerise
Avec des larmes de joie

Les fantômes s'en allèrent
Des maisons pleines de portes
Ils rampèrent jusqu'à l'ombre
De la Seine tremblotante

L'apaisement devint moite
Tous cigares allumés
Les autos glissaient sans bruit
Sur leurs patinoires molles

Paul Valet
(né en 1905).-
Médecin dans la
banlieue parisienne,
il a participé
à la Résistance.
Une poésie souvent
amère, virulente.
Un combat contre
l'hypocrisie sociale,
de l'ironie, de
la tendresse dans
Les Poings sur les i
(1935), *Table rase*
(1963), *La Parole
qui me porte*
(1965), *Parole
d'assaut* (1968).

C'est place de la Concorde à Paris
qu'un enfant assis au bord des fontaines
entre à pas de rêve au cœur de la nuit
fraîche comme l'eau claire des fontaines

Un enfant de nuit de rêve d'espoir
qui voudrait pouvoir lutter sans répit
contre son sommeil pour apercevoir
ses rêves de nuit venir à la vie

Toutes les voitures avec leurs phares
toutes les voitures tracent pour lui
des lignes de feu flottant dans la nuit
comme de longs fils de vierge où Paris
retient son cœur ses rêves ses espoirs

CHEVAL BLEU

J'avais un petit cheval bleu
Qui se promenait dans ma chambre
En liberté, crinière longue
Et des rayons sur ses sabots.

Il galopait sur le bureau
Sur les bouquins de l'étagère.
Il galopait, tête levée
Sur la steppe blanche des draps.

Il vivait d'un reflet
S'endormait chaque nuit
Dans le creux de mes mains
Comme font les oiseaux.

Mais un soir qu'il dansait, léger
Sur les rayons verts de la lune
Deux ailes acérées
S'ouvrirent dans son dos.

Il s'envola sans m'emporter
Mon cheval bleu aux ailes neuves
Par la fenêtre, sur le ciel.

Plus rien ne bougea dans la nuit
Où deux torrents grondaient tout bas.
Mousse d'argent sur le balcon.
Neige des draps, neige des monts.

Et mes deux mains écartelées.

Madeleine
Riffaud.–
Née en 1924, fille
d'instituteurs,
elle fut agent de
liaison dans la
Résistance, sous
le pseudonyme de
Rainer (prénom
du poète allemand
Rilke). Officier
FTP à dix-huit ans,
adjointe au colonel
Fabien, elle fut
arrêtée, torturée,
et sauvée *in
extremis* de
l'exécution par la
libération de Paris.
On lui doit des
reportages
courageux sur
les guerres du
Viêt-nam et
d'Algérie.
Le recueil *Cheval
rouge* (1973)
rassemble ses
poèmes, écrits
entre 1939 et 1972.

Ne dis pas que c'est la nuit.
Silence
la lune parlera.

La ville est si petite
quand elle dort.
Si touchante.
Les coudes serrés
les genoux repliés.
Sa jupe s'étale, gonflée d'abord
et de plus en plus lasse
avant de s'arrêter
juste
au bord de la mer.

SORTIE DES THÉÂTRES

Encombrement d'autos la nuit ; une dame me coupa deux coins de son éventail pour me faire des ailes. Comment voler ? oh ! je suis bien perdu !

LE MASQUE

Une vie imaginaire
sur les villes est posée.
Partout de fausses lumières
sont peintes sur les paupières
des fenêtres enfermées.
Le pâle soleil qui luit
n'est que plâtre sur les pierres.

La vraie ville est dans la nuit.

Sur les cloches d'airain qui frissonnent toujours,
Sur les beffrois plaintifs qui dorment dans les tours,
La nuit n'a pas encor frappé la douzième heure,
Mais son aile déjà s'approche et les effleure.

– Baoum ! – Chut ! voici le premier coup. – Baoum ! – Deux.
J'ai vu passer dans l'air comme un masque hideux.
Trois. – Quatre. – Pas un astre au ciel. – Cinq. – Sur ma table
Pour conjurer cette heure étrange et redoutable
J'ai des charmes écrits en hébreu. – Six. – Je vois
Une vague lueur glisser le long des toits.
Sept – Huit. – Neuf. – Dix. – J'entends l'archet d'un bal dans
    l'ombre.
Son gai frémissement meurt en grincement sombre.
Onze. – Une porte au loin se ferme en ce moment.
Douze. – Le dernier coup ! Il tinte lentement,
Puis il tremble et s'éteint dans le clocher qui râle...
Minuit. – Puis tout se tait. L'ombre est plus sépulcrale.
On dirait qu'un linceul sur la ville est tombé.

QUAND L'AUBE FLEURIT

Quand l'aube fleurit lentement
                                    les fenêtres
        que toutes les rues
                        s'ouvrent l'une à l'autre
            pour ne laisser passer
                        que le temps

chaque âme   à l'instant de renaître
    flotte encore à l'envers du sommeil
le peuple des âmes
                        encore pris dans le songe
        s'oriente par le désir
                            par l'attente

des millions d'âmes
                        bougent ensemble
        se désentravent
            frappent doucement
                    le cocon noir
prêtes à renaître

Il y a une sombre fête   un accord

            les dormants
                se communiquent le mot de passe
        qui dans peu de secondes va se perdre
                        dans l'oubli.

Quel rayon touche la prisonnière
        encore amalgamée à l'ombre
                nourrie de l'ombre
                    enfantée par la nuit ?

Jean Mambrino.-
Né à Londres en
1923, il suit des
études de lettres
puis rejoint la
Compagnie de Jésus
en 1941. Ordonné
prêtre en 1954,
il enseigne juqu'en
1968. À cette date,
il devient rédacteur
de la revue *Études*,
où il tient une
chronique littéraire
et dramatique.
Sa poésie est
un émerveillement
devant la beauté
de la création et
l'énigme de l'âme :
"Le moindre
fragment de
l'univers contient
un message sacré."

La coque se fend
  des millions de paupières
     s'entrouvrent
   et du dedans
     naît
      la lumière.

VIE
DE LA VILLE

La ville est comme un mot
Que je ne connais pas.

GUILLEVIC

LA VILLE MUSICALE

La ville est un orgue où chante le vent
le vent de la vie aux murs de cristal
éveille les voix du soleil levant
la ville est un grand rêve instrumental

Daniel Lander
(né en 1929).–
Peintre, poète,
réalisateur
à la télévision,
il est le poète
de la subtilité,
de l'étrange.
Il a publié *Centre
de gravité* (1959),
*Théâtre de
la cheminée* (1972),
Temps majeur
(1974), *Signes
de reconnaissance*
(1977).

LA VILLE JOUAIT DU PIANO

La ville jouait du piano.
Cela semblait ainsi du moins.
On ne voyait aucune main.
Partout, les volets étaient clos.

Peut-être jouait-elle aussi.
À d'autres jeux plus dangereux,
Mais rien ne permettait ici
D'en surprendre le moindre aveu.

Seul, parfois, dans les rues désertes,
Un chat familier des étoiles,
S'en allait à la découverte.
Et l'on se demandait pourquoi,

Quand sonnaient par-dessus les toits
Les cloches de la cathédrale,
Le temps paraissait se figer
Comme s'il venait d'arrêter
L'horloge de l'éternité.

CHANSON DE VILLE

Lorsque la ville est triste et qu'elle sent pleurer
Plus d'hommes dans son cœur que les jours ordinaires,
Quand les camelots gèlent aux portes cochères,
Quand les fers des chevaux glissent sur les pavés,
Quand, par petits coups, les pelles des cimetières
Sapant la grande joie tâchent de l'effondrer ;

La ville fait semblant d'être joyeuse, et chante.
Elle crie au soleil : « Vois, je suis bien contente ;
Je me fatigue, j'ai sué tout ce brouillard ;
Mais j'épargne du temps et des forces pour rire. »

De sa voix populeuse elle se met à dire
Une chanson qu'un de ses hommes a trouvée
En regardant un soir la lune se lever.
Un air naïf, une très pauvre mélodie,
Juste de quoi souffler sur la chair refroidie
Une gaieté pareille à l'haleine d'Avril.
Car le cœur de la ville est un cœur puéril ;
La ville a la candeur d'une petite fille.

Quelques notes en habit simple qui sautillent
Et reprennent leur danse autant de fois qu'on veut ;
Une brave chanson, sans parure, en cheveux,
Et la ville est heureuse et joue à la poupée.
Pendant une semaine elle reste occupée
À ranger dans son cœur la chanson qui lui plaît.

La ville est gauche, elle se trompe de couplet,
Tord les sons par mégarde et casse la mesure.

Mais elle recommence ; et, quand elle est bien sûre
De la tenir, dans sa mémoire, emprisonnée,
La ville chante sa chanson toute l'année.

En ces villes d'ombre et d'ébène,
D'où s'élèvent des feux prodigieux ;
En ces villes, où se démènent,
Avec leurs chants, leurs cris et leurs blasphèmes,
À grande houle, les foules ;
En ces villes soudain terrifiées
De révolte sanglante et de nocturne effroi,
Je sens bondir et s'exalter en moi
Et s'épandre, soudain, mon cœur multiplié.
(...)

VILLE ET CŒUR

La ville sérieuse avec ses girouettes
Sur le chaos figé du toit de ses maisons
Ressemble au cœur figé, mais divers, du poète
Avec les tournoiements stridents des déraisons.

Ô ville comme un cœur tu es déraisonnable.
Contre ma paume j'ai senti les battements
De la ville et du cœur : de la ville imprenable
Et de mon cœur surpris de vie, énormément.

Guillaume
Apollinaire
(1880-1918).-
Fils d'un Italien
et d'une Polonaise.
Précepteur outre-
Rhin, il tomba
amoureux de
la gouvernante
anglaise qui lui
inspira *La Chanson
du mal-aimé*. Il
sillonna l'Europe,
puis s'établit
à Paris où il se
lia avec Picasso,
Braque, Matisse
et se consacra
à la poésie et à
la critique d'art.
La publication
d'*Alcools* (1913)
marque le début
de la poésie
du XXᵉ siècle.

LES MAISONS

Voilées de fines grilles,
Les maisons d'autrefois,
Les maisons de famille
Nous font signe du toit :
La maison du notaire,
La maison du docteur
Et le vieux presbytère
Endormi dans les fleurs.
Les maisons d'autrefois
Racontent des histoires
À ceux qui vont s'asseoir
Sous leurs auvents de bois.
On les entend parfois
Murmurer des musiques,
Des airs mélancoliques
Venant du temps des Rois
Pour une qui s'en fut
Ailleurs vivre sa vie,
Pour une qui mourut
D'exil ou de folie.
On les voit, les maisons,
S'ouvrir au chant du merle
Qui détache les perles
Au cou de leur blason ;
On les voit, les maisons,
Saluer à l'ancienne
Et battre des persiennes
Pour la conversation.
Voilées de fines grilles,
Les maisons d'autrefois,
Les maisons de famille
Nous font signe du toit.

Elles sont parfumées
De lis et de jasmin,
Elles ont des parfums
Frais pour les matinées,
Capiteux pour les soirs.
Elles ont des armoires
De lavande et de gloire,
Des trésors de draps blancs
Chiffrés de non-pareille ;
Et je les vois pareilles
À toi, ma toute belle,
De jeunesse éternelle
À tout jamais parées,
Malgré, malgré, malgré,
Les morsures du temps.
Voilées de fines grilles,
Les maisons d'autrefois,
Les maisons de famille
Ont des secrets pour toi ;
Et je les vois pareilles
À toi ma toute belle,
À toi que j'aime tant.

Jean Desmeuzes
(né en 1931).-
Il est enseignant
et poète. Certaines
de ses œuvres
sont proches
de la chanson par
leur valeur musicale
et leur harmonie
(*La Lampe-tempête*,
1954, *Nocturnes*,
1966, *Préludes et
chanson*, 1966,
Jeux interdits,
1976).

Ville très grande et très petite
très innocente et très rusée
qui se rêve et qui se calcule
qui se médite et se délie
Ville étourdie ville fidèle
qui tient dans le creux de la main
Ville ambiguë ville facile
aussi compliquée que le ciel
aussi réfléchie que la mer
aussi captive que l'étoile
aussi libre qu'un grain de ciel

Ville ouverte et si refermée
ville têtue et ville vaine
où la laideur sait être belle
et la beauté sourire en coin
ville consciente et frivole
du petit jour au petit jour
ville toujours réinventée
ville animale et ville humaine
belle horloge de liberté
et beau jardin de plantes folles
ville insouciante et calculée

Intelligence de la pierre
du ciel des hommes du travail
ville modeste et ville fière
foyer de braise et feu de paille

Camarade Paris.

Un jeune hiver se levait sur Paris
Adolescent de rire dur qui brille,
Les filles frileuses de l'air doré
Se faisaient des forêts une fourrure,

La ville ressemblait à la vie
Lorsque de sa malingre misère
Resurgit on ne sait quelle gloire.
Et nos pleurs se firent larmes d'orgueil.

Georges-
Emmanuel
Clancier
(né en 1914).-
Limousin d'origine,
homme de radio,
romancier, critique,
il est lui-même
poète avant tout.
Sa poésie
est profondément
ancrée dans
la terre,
la "généalogie
paysanne";
elle chante la
mémoire,
l'écoulement
des vies.

COURAGE

Paris a froid Paris a faim
Paris ne mange plus de marrons dans la rue
Paris a mis de vieux vêtements de vieille
Paris dort tout debout sans air dans le métro
Plus de malheur encore est imposé aux pauvres
Et la sagesse et la folie
De Paris malheureux
C'est l'air pur c'est le feu
C'est la beauté c'est la bonté
De ses travailleurs affamés
Ne crie pas au secours Paris
Tu es vivant d'une vie sans égale
Et derrière la nudité
De ta pâleur de ta maigreur
Tout ce qui est humain se révèle en tes yeux
Paris ma belle ville
Fine comme une aiguille forte comme une épée
Ingénue et savante
Tu ne supportes pas l'injustice
Pour toi c'est le seul désordre
Tu vas te libérer Paris
Paris tremblant comme une étoile
Notre espoir survivant
Tu vas le libérer de la fatigue et de la boue
Frères ayons du courage
Nous qui ne sommes pas casqués
Ni bottés ni gantés ni bien élevés
Un rayon s'allume en nos veines
Notre lumière nous revient
Les meilleurs d'entre nous sont morts pour nous
Et voici que leur sang retrouve notre cœur
Et c'est de nouveau le matin un matin de Paris

La pointe de la délivrance
L'espace du printemps naissant
La force idiote a le dessous
Ces esclaves nos ennemis
S'ils ont compris
S'ils sont capables de comprendre
Vont se lever.

(1942)

PARIS ESPÈRE

Le vent les arbres sont le peuple de la ville,
Le vent le ciel offert peuplent les rues du vide,
Ville déserte, ville si belle aux paupières
De sommeil blessé, ville aux pierres plus fidèles
Que ne le furent les frêles feuillages d'hommes.
Le vent soulève les siècles gris de Paris,
Le vent porte la forêt royale des siècles
Vers une ville allongée au bord clair du temps
Qui déjà chante toute soumise aux yeux libres.

PAR LA FENÊTRE

L'hiver avait saisi ce qui remue
Le vent pouvait chasser
Tout geste se refusait.
Fidèle à son espace
Gelé le trait s'opposait
Au ciel qui passe.

Mais aujourd'hui
Après le premier plan de toits sourd et fané
Jailli d'une cour devinée
Un mouvement de plume s'élance
Lumineux et qui frise.
Ô vie démente et raisonnable
Cela bouge. Terre éprise
C'est du vert c'est un arbre.

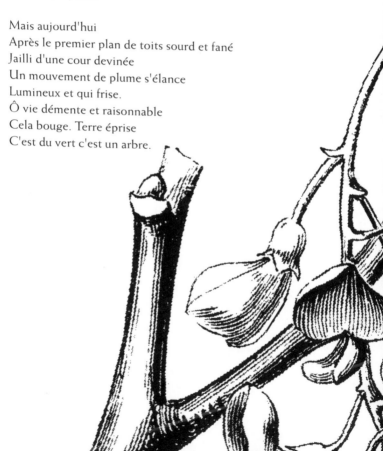

L'AMPHION

Le Paris que vous aimâtes
n'est pas celui que nous aimons
et nous nous dirigeons sans hâte
vers celui que nous oublierons

Topographies ! itinéraires !
dérives à travers la ville !
souvenirs des anciens horaires !
que la mémoire est difficile...

Et sans un plan sous les yeux
on ne nous comprendra plus
car tout ceci n'est que jeu
et l'oubli d'un temps perdu

Guillevic

Toujours en travaux,
Tes rues, tes trottoirs,

Et je te creuse et je te comble,
Et je recreuse au même endroit,
Et je remue et je rebouche

Comme si l'on venait
Gratouiller ton squelette
Avant qu'il ne s'ennuie.

LA SEINE DE PARIS

De ceux qui préférant à leurs regrets les fleuves
et à leurs souvenirs les profonds monuments
aiment l'eau qui descend au partage des villes,
la Seine de Paris me sait le plus fidèle
à ses quais adoucis de livres. Pas un souffle
qui ne vienne vaincu par les mains des remous
sans me trouver prêt à le prendre et à relire
dans ses cheveux le chant des montagnes, pas un
silence dans les nuits d'été où je ne glisse
comme une feuille entre l'air et le flot, pas une aile
blanche d'oiseau remontant de la mer
ne longe le soleil sans m'arracher d'un cri
strident à ma pesanteur monotone ! Les piliers
sont lourds après le pas inutile et je plonge
par eux jusqu'à la terre et quand
je remonte et ruisselle et m'ébroue,
j'invoque un dieu qui regarde aux fenêtres
et brille de plaisir dans les vitres caché.
Protégé par ses feux je lutte de vitesse
en moi-même avec l'eau qui ne veut pas attendre
et du fardeau des bruits de pas et de voitures
et de marteaux sur des tringles et de voix
tant de rapidité me délivre... Les quais
et les tours sont déjà loin lorsque soudain
je les retrouve, recouvrant comme les siècles,
avec autant d'amour et de terreur, vague après vague,
méandres de l'esprit la courbe de mon fleuve.

Que ce soit dimanche ou jeudi
Qu'un chien aboie qu'un enfant crie
Je suis à Thèbes ou à Memphis
Tout aussi bien qu'à Paris
Y a cinq mille ans comme aujourd'hui
Y avait des chiens des enfants et des jours
Soleil les a bien vus lui «Le Témoin»
Le seul témoin qui soit resté là sans bouger
À regarder tous les jours qu'il a faits
C'est bien lui le parfait chroniqueur
Et qu'il m'aurait donc plu d'être ce témoin-là
Enfin voudrais-je Isis d'avoir encor le temps
d'écouter l'œil ouvert ses souvenirs brûlants
Le journal du Soleil quel conte émerveillant
On ne s'emmourrait plus et tout ce qui s'ensuit
Que seriez-vous pauvres Mille et un' Nuits

Pierre Albert-Birot (1876-1967).- Poète, peintre, sculpteur, créateur de la revue *Sic* annonçant le surréalisme en 1916, il était l'ami d'Apollinaire qui le surnomma "Le Pyrogène"; il suscita toutes les créations, du cubisme au futurisme, jusqu'à l'âge de quatre-vingt dix ans. *Grabinoulor,* "épopée-journal-poème" en prose (1933), est une des œuvres essentielles de la poésie moderne.

AUX CINQ COINS

Oser et faire du bruit
Tout est couleur mouvement explosion lumière
La vie fleurit aux fenêtres du soleil
Qui se fond dans ma bouche
Je suis mûr
Et je tombe translucide dans la rue

Tu parles, mon vieux

Je ne sais pas ouvrir les yeux ?
Bouche d'or
La poésie est en jeu

Blaise Cendrars (1887-1961).- Né dans le Jura suisse, il suivit, enfant, sa famille en Égypte, en Italie et en Angleterre. En 1911, il partit pour New-York. De retour à Paris, il publia *Les Pâques de New-York* en 1912. Il se tourna aussi avec succès vers le roman (*Moravagine*, 1926). Plusieurs récompenses littéraires ont couronné son oeuvre dont l'importance historique est considérable.

VILLE VAGABONDE

Alain Bosquet
(1919-1998).-
En 1940, il est
incorporé dans
l'armée française
et part pour les
États-Unis en 1941.
Il y rencontre
André Breton.
Il finit la guerre
dans les ruines
de Berlin comme
interprète. Il publie
son premier roman,
La Grande Éclipse
(1951), puis
Langues mortes
(1952). Un des plus
grands poètes
français.

la ville se promène
de fleuve en fleuve
elle a perdu (elle a perdu)
sa cathédrale et ses jardins
la ville court incognito
sur la montagne
et les vautours l'ont su (l'ont su)
la ville dort sous l'océan
ses fenêtres ouvertes
sur l'écume et le sel et le tangage
or les requins tristes gendarmes l'ont surprise
au crépuscule (au crépuscule)
ville ou vertèbre
ville ou bouquet de crânes
c'est pourquoi par vent d'est on entend
sur la plage anonyme
mille variétés
de soupirs inconnus (inconnus inconnus)

Ô rivière ! La terre est verte de toute verdure spirituelle –
et la charité la transmue.

Et je dis qu'un corps, dans la Pentecôte, peut être à présent
la force qui l'instaure et la fertilise ;

Et qu'un corps est là, rassemblant ses os, et qui peut s'accroître
pour la sanctifier, s'il cesse de préférer l'hiver ;

Et qu'une ville de joie attend dans les villes : la semence
et l'éclosion de la joie dans la matière même du monde ;

Et dans l'approche des étoiles et dans le granit et l'acier et dans
les grandes années humaines la grandeur possible de la joie !

Jean-Claude Renard (né en 1922).- Il fut rédacteur dans une agence de presse, puis directeur de collection dans une maison d'édition.
Ses livres sont autant de jalons dans une méditation sur la foi et la présence de Dieu dans le monde des choses, de la nature et des êtres.

Jean L'Anselme
(né en 1919).-
Sa poésie est
toujours pleine
d'humour
et d'une secrète
tendresse
(*Le Tambour de
ville*, 1948;
Le Chemin de lune,
1952; *Il fera beau
demain*, 1953...).

CONGÉS PAYÉS

moi dit la cathédrale je voudrais être coureur à pied pour pouvoir
    lâcher mes béquilles

moi dit le pont je voudrais être suspendu pour pouvoir sauter
    à la corde

moi dit l'imagination je voudrais être riche pour pouvoir
    emmener l'anselme en vacances

moi dit la seine je voudrais être mer pour avoir des enfants qui
    jouent avec le sable

TABLE DES MATIÈRES

4. Préface, par Jacques Charpentreau
8. Jacques Prévert, Un Matin (*Grand Bal du printemps*, Gallimard, 1976)
9. Jean-Luc Moreau, L'Hippopotame (*L'Arbre perché*, Pierre-Jean Oswald, 1974)
10. Jules Supervielle, La Ville des animaux (*Les Amis inconnus*, Gallimard, 1934)
11. Jacques Charpentreau, Le Lion de Denfert-Rochereau (*Paris des enfants*, L'École des loisirs, 1978)
13. Claude Roy, Ce que cet enfant va chercher (*Enfantasques*, Gallimard, 1974)
18. Pierre Gamarra, Un Matin d'enfance (inédit)
16. Michel Butor, La Rue barrée (*La Banlieue de l'aube à l'aurore*, Fata Morgana, 1968)
18. Max Jacob, À Paris (*Œuvres burlesques et mystiques de Frère Matorel*, Gallimard)
19. Charles Le Quintrec, Paris (inédit)
21. Jean Cocteau, Jeux mais merveilles (*Opéra*, Stock, 1927)
23. Ernest Pérochon, Guêpe folle… (*Comptines de langue française*, Seghers, 1961)
24. Luc Bérimont, Je bats la semelle… (inédit)
24. Luc Bérimont, J'étais au pied du mur… (inédit)
25. Luc Bérimont, Je donne pour Paris… (*Comptines pour les enfants d'ici et les canards sauvages*, Éditions Saint-Germain-des-Prés, 1974)
26. Raymond Queneau, ixatnu siofnnut i avay (*Courir les rues*, Gallimard, 1967)
30. Pierre Reverdy, En face (*Les Ardoises du toit*, 1918. Plupart du temps, Flammarion, 1967)
31. Gilbert Trolliet, Le Mur (*Laconiques*, Le Courrier du Livre, 1966)
31. Gilbert Trolliet, Gratte-ciel (*Idem*)
32. Wou Wang-Jao, Gratte-ciel (in *La Poésie chinoise contemporaine*, Patricia Guillermaz, Seghers, 1962)
33. Jules Romains, New York, bouquet de bourgeons… (*L'Homme blanc*, Flammarion, 1937)
34. Jacques Charpentreau, Un geste de la main… (*Le Romancero populaire*, Éditions Ouvrières, 1974)
37. Rainer Maria Rilke, Sanglot, sanglot, pur sanglot !… (*Les Fenêtres*, Éditions du Seuil, 1972)
38. Charles Dobzynski, Le Ciel et la Ville (inédit)
40. Émile Verhaeren, Les Usines (*Les Villes tentaculaires*, Mercure de France, 1895)
42. Alfred de Vigny, Paris (*Élévation*, Le Livre Moderne)
43. Rouben Melik, Vitrines des saisons aux fronts des enfants sages… (inédit)
44. Paul Verlaine, Croquis parisien (*Eaux-fortes, Poèmes saturniens*)
45. Paul Scarron, Sonnet sur Paris
46. André Laude, Pariscope (*Vingt mots pour ma ville*, Éditions Ouvrières, 1978)
48. Denise Jallais, Boulevard Saint-Michel (*Pour mes chevaux sauvages*, Guy Chambelland, 1966)
50. Jacques Prévert, Qui est là… (*Grand bal du printemps*, Gallimard, 1976)
51. Maurice Carême, La Tour Eiffel (*Le Mât de Cocagne*, Bourrelier, 1963)
52. Pierre Ferran, Aube d'août à Paris (inédit)
53. Maurice Carême, Printemps en ville (inédit)
56. Paul Vincensini, Une vraie rue… (*Quand même*, Saint-Germain-des-Prés, 1976)

57. Pierre Reverdy, La Rue qui chante (*Pierres blanches*, Le Mercure de France, 1930)
58. Maurice Fombeure, La Joie des noms (*Arentelles*, Gallimard, 1943)
60. Robert Desnos, Couplet de la rue de Bagnolet (*État de veille*, R.-J. Godet, 1943. *Domaine public*, Gallimard, 1953)
61. Pierre Gamarra, Les Feux (inédit)
62. Jacques Charpentreau, L'Embouteillage (*La Ville enchantée*, L'École des Loisirs, 1976)
63. Raymond Queneau, Cris de Paris (*Courir les rues*, Gallimard, 1967)
64. Horace, Les Rues de Rome vers 14 av. J.-C. (IIe Épître, traduction François Richard, Garnier-Flammarion, 1967)
65. Juvénal, Les Rues de Rome vers l'an 120 (IIIe Satire, traduction P. de Labriolle et F. Villeneuve, Les Belles-Lettres, 1921)
66. Pierre Gamarra, Souvenir (inédit)
67. Boileau, Les Embarras de Paris au XVIIe siècle (VIe Satire, 1660)
69. Lucienne Desnoues, Les Chantiers citadins (*La Nouvelle Guirlande de Julie*, Éditions Ouvrières, 1976)
70. Charles Baudelaire, Fourmillante cité, cité pleine de rêves... (*Les Fleurs du mal*, édition de 1861)
71. Paul Fort, La Petite rue silencieuse (*Ballades françaises*, Flammarion)
72. Boris Vian, Y a du soleil dans la rue… (*Je voudrais pas crever*, Jean-Jacques Pauvert, 1970)
73. Marcel Lecomte, La Statue endormie (*Anthologie du Surréalisme en Belgique*, Gallimard, 1972)
74. Comptine, Sur le Pont-Neuf Henri IV...
75. Victor Hugo, Les Statues (*Océan, Le Tas de pierres, Plans*, Éditions de l'Imprimerie nationale, Albin Michel, 1942)
76. Maurice Carême, J'en ai tant vu… (inédit)
77. Hubert Juin, Les statues aux yeux bleus peuplent les Tuileries... (*Les Pâques multicolores, Quatre poèmes*, Pierre-Jean Oswald, 1958)
80. Maurice Carême, Le Sourire (*Le Moulin de papier*, Nathan, 1973)
81. Eugène Guillevic, Fourmis, fourmis… (*Ville*, Gallimard, 1969)
82. Armand Monjo, Broyés dans leur propre engrenage… (*Univers naturel*, Seghers, 1965)
83. Jean Tardieu, Procès-verbal (*Histoires obscures*, Gallimard, 1961)
84. Maurice Carême, Ville (inédit)
85. Georges-Louis Godeau, Le Boueur (*Les Mots difficiles*, Gallimard, 1962)
86. Armand Monjo, Au Marché (*La Nouvelle Guirlande de Julie*, Éditions Ouvrières, 1976)
87. Jacques Prévert, Une Chanson si vieille (*Grand bal du printemps*, Gallimard, 1976)
88. Max Elskamp, Notre-Dame des maçons (*Les Sept Notre-Dame des plus beaux métiers*, Seghers, 1967)
90. Gisèle Prassinos, Dimanche (inédit)
91. Marcel Thiry, Et c'est la Ville où banal et secret… (*Épilogues sages, IV, L'Enfant prodigue*, G. Thone, Liège, 1927. *Toi qui pâlis au nom de Vancouver*, Seghers, 1975)

92. Jules Supervielle, Visages de la rue, quelle phrase indécise…
    (*Les Amis inconnus*, Gallimard, 1934)
93. Pierre Ferran, Octobre-Ville (inédit)
94. Louis Aragon, Ô la Gare de l'Est et le premier croissant…
    (*La Complainte de Robert le Diable, Il ne m'est Paris que d'Elsa*, Seghers, 1964)
95. Paul Éluard, De notre temps (*Dignes de vivre*, Gallimard, 1968)
98. Robert Desnos, Couplet du trottoir d'été (*État de veille*, 1943, R.-J. Godet.
    Domaine public, Gallimard, 1953)
99. Pierre Menanteau, Les Lumières de la ville (*Capitale du souvenir*,
    Subervie, 1973)
100. Luc Decaunes, Le Petit Bossu (inédit)
101. Gisèle Prassinos, Liberté du soir (inédit)
102. Louis Aragon, Paris mon blé pour qui je crains le grain…
    (*Il ne m'est Paris que d'Elsa*, Seghers, 1964)
103. Paul Valet, Soir de Paris (*Les Poings sur les i*, Julliard, 1955)
104. Jacques Charpentreau, C'est place de la Concorde à Paris…
    (*Les Feux de l'espoir*, Éditions Ouvrières, 1957)
105. Madeleine Riffaud, Cheval bleu (*Cheval rouge*, Éditeurs Français Réunis, 1973)
106. Gisèle Prassinos, Ne dis pas que c'est la nuit… (inédit)
107. Max Jacob, Sortie des théâtres (*Visions infernales*, Gallimard, 1924)
108. Jean Tardieu, Le Masque (*Nuit, II*, 1942-1943, *Le Témoin invisible*,
    Gallimard, 1943)
109. Victor Hugo, Sur les cloches d'airain qui frissonnent toujours…
    (*Dernière gerbe*)
110. Jean Mambrino, Quand l'aube fleurit (*Sainte Lumière*, Desclée de Brouwers,
    1976)
114. Daniel Lander, La Ville musicale (inédit)
115. Maurice Carême, La Ville jouait du piano (inédit)
116. Jules Romains, Chanson de ville (*La Vie unanime*, Mercure de France, 1913)
118. Émile Verhaeren, En ces villes d'ombre et d'ébène… (*Les Visages de la vie*,
    Mercure de France)
119. Guillaume Apollinaire, Ville et cœur (*Œuvres poétiques*, Gallimard, 1965)
120. Jean Desmeuzes, Les Maisons (*La Nouvelle Guirlande de Julie*,
    Éditions Ouvrières, 1976)
122. Claude Roy, Ville très grande et très petite… (*L'Âme en peine, Un seul poème*,
    Gallimard, 1954)
123. Georges-Emmanuel Clancier, Un jeune hiver se levait sur Paris…
    (*Une voix*, Gallimard, 1956)
124. Paul Éluard, Courage (*Œuvres complètes*, Gallimard, 1968)
126. Georges-Emmanuel Clancier, Paris espère (*Terre de mémoire*,
    Robert Laffont, 1965)
127. Gisèle Prassinos, Par la fenêtre (*Les Mots endormis*, Flammarion, 1967)
128. Raymond Queneau, L'Amphion (*Les Ziaux*, Gallimard, 1943)
129. Eugène Guillevic, Toujours en travaux… (*Ville*, Gallimard, 1969)
130. Jean Tardieu, La Seine de Paris (*Le Témoin invisible*, Gallimard, 1943)
131. Pierre Albert-Birot, Que ce soit dimanche ou jeudi…
    (*Le Pont des soupirs*, Éditeurs Français Réunis, 1972)

132. Blaise Cendrars, Aux cinq coins (*Dix-neuf poèmes élastiques*, Denoël)

133. Alain Bosquet, Ville vagabonde (*Quatre testaments et autres poèmes*, Gallimard, 1967)

134. Jean-Claude Renard, Ô rivière !... (*Psaume de Pâques, La Terre du Sacre*, Le Seuil, 1966)

135. Jean L'Anselme, Congés payés (*Il fera beau demain*, Caractères, 1952)

ICONOGRAPHIE

3 et 129 Dessin de P.J. Poitevin (photo Roger-Viollet) **4-5, 28-29 et 48-49** Dessin de Karl Fichot (photo Roger-Viollet) **6-7** Photo Roger-Viollet **10-11** Photo Roger-Viollet **24-25 et 121** Gravure de Meaulle (photo Roger-Viollet) **30-31 et 83** Photo Roger-Viollet **38-39** Photo Roger-Viollet **44-45** Photo Roger-Viollet **46-47** Photo Roger-Viollet **52-53** La tour Eiffel, par Geneviève Gallibert (photo Roger-Viollet) **54-55** Rue de la Gaité, par Kisling (musée du Petit Palais, Genève) **56-57** La rue de Belleyme en 1873, dessin de L. Parent (photo Roger-Viollet) **60-61** La Ville aux rues sans nom du cirque cérébral, dessin de Robert Desnos (bibliothèque Jacques-Doucet) **62-63** Photo Roger-Viollet **64-65** Les Embarras de Paris à la fin du XVIIe siècle, gravure populaire (photo Roger-Viollet) **72-73** Photo Roger-Viollet **74-75** Photo de J. Bruce Baumann (Rapho) **77** Photo Roger-Viollet **78-79** Le Soir à Paris, par Paul Baudoin (photo Roger-Viollet) **82-83** Photo Roger-Viollet **84-85** L'Agrandissement de Paris sous le Second Empire, caricature (photo Roger-Viollet) **90-91** Les Embarras de Paris vers 1900, gravure anonyme (Musée Carnavalet, Paris, photo Roger-Viollet) **92** *Destruction of lower Manhattan* (photo Magnum) **96-97** Enseignes, croquis (photo Roger-Viollet) **98-99** Tête de mort animée, aquarelle de Robert Desnos (bibliothèque Jacques-Doucet) **102-103** Photo Roger-Viollet **104** Photo Roger-Viollet **108** Photo de R. Maltête (Rapho) **110-111** Photo Roger-Viollet **112-113** New York (photo Delebecque) **117** Crieur de journaux (musée de la ville de Paris) **118-119** Gravure d'Aveline, XVIIe s (photo Roger-Viollet) **122-123** Photo Roger-Viollet **124-125** Photo Roger-Viollet **126-127** Paris, vue des boulevards, gravure, fin XVIIIe s (bibliothèque historique de la ville de Paris, photo Roger-Viollet) **130-131** L'Annonciation, par Bouguereau (tous droits réservés) **134-135** Notre-Dame de Paris, par Vieillard (photo Roger-Viollet)

Loi n°49-956 du 16 juillet 1949
sur les publications destinées à la jeunesse
ISBN : 978-2-07-052808-0
Numéro d'édition : 158539
Dépôt légal : janvier 2008
1er dépôt légal dans la même collection : mars 2000
Imprimé en France sur les presses de l'imprimerie Hérissey
Numéro d'impression : 107332